ROALD DAHL

LE BGG

LE BON GROS GÉANT

Illustré par
Quentin Blake

Traduit de l'anglais
par Jean-François Ménard

GALLIMARD JEUNESSE

À Olivia
20 avril 1955 – 17 novembre 1962

Titre original : *The BFG*

Mise en couleurs de Vida Kelly

LES PERSONNAGES

LES HUMAINS :

LA REINE D'ANGLETERRE
MARY, la servante de la reine
M. TIBBS, le maître d'hôtel du palais
LE CHEF D'ÉTAT-MAJOR DE L'ARMÉE DE TERRE
LE CHEF D'ÉTAT-MAJOR DE L'AVIATION
Et bien sûr, SOPHIE, orpheline

LES GÉANTS :

L'AVALEUR DE CHAIR FRAÎCHE
LE CROQUEUR D'OS
L'ÉTOUFFE-CHRÉTIEN
LE MÂCHEUR D'ENFANTS
L'EMPIFFREUR DE VIANDE
LE GOBEUR DE GÉSIERS
L'ÉCRABOUILLEUR DE DONZELLES
LE BUVEUR DE SANG
LE GARÇON BOUCHER
Et, bien sûr, LE BGG

L'HEURE DES OMBRES

Sophie ne parvenait pas à s'endormir.

Un rayon de lune s'était faufilé entre les rideaux et projetait sur son oreiller une lueur oblique.

Dans le dortoir, les autres enfants dormaient depuis des heures. Sophie ferma les yeux et resta immobile. Elle essaya très fort de s'assoupir. C'était peine perdue. Le rayon de lune tranchait l'obscurité comme une lame d'argent et tombait droit sur son visage.

Il régnait dans tout le bâtiment un silence absolu. Aucune voix ne montait du rez-de-chaussée et personne ne marchait sur le plancher du deuxième étage. Derrière les rideaux, la fenêtre

était grande ouverte, mais ni promeneur ni voiture ne passaient dans la rue. Nulle part on n'entendait le moindre bruit et jamais Sophie n'avait connu un tel silence.

C'était peut-être là, pensa-t-elle, ce qu'on appelle l'heure des ombres.

Un jour, quelqu'un lui avait dit que l'heure des ombres vient au milieu de la nuit ; c'est un moment très particulier où grands et petits dorment tous d'un sommeil profond ; les ombres alors sortent de leurs cachettes et le monde leur appartient.

Le rayon de lune brillait plus que jamais sur l'oreiller de Sophie et elle décida de sortir du lit pour aller mieux fermer les rideaux.

Quiconque se faisait prendre hors de son lit après l'extinction des lumières était aussitôt puni. On avait beau dire qu'on se rendait aux toilettes, ce n'était pas une excuse suffisante et la punition tombait quand même. Mais en cet instant, il n'y avait personne pour la voir, Sophie en était sûre.

Elle tendit le bras pour attraper ses lunettes posées sur une chaise à côté du lit. Leurs verres épais étaient enserrés dans une monture d'acier et Sophie n'y voyait quasiment rien lorsqu'elle ne les avait pas sur le nez. Elle les chaussa donc puis se glissa hors du lit et marcha vers la fenêtre sur la pointe des pieds.

Lorsqu'elle se trouva devant les rideaux, Sophie hésita. Elle avait très envie de passer dessous et de se pencher par la fenêtre pour voir à quoi ressemblait le monde à l'heure des ombres.

Elle tendit l'oreille une nouvelle fois. Tout était parfaitement silencieux. L'envie de regarder au-dehors devint si forte qu'elle ne put y résister. Un instant plus tard, elle avait disparu sous les rideaux et se penchait à la fenêtre.

Sous la clarté d'argent de la pleine lune, la rue du village qu'elle connaissait si bien avait un aspect tout différent. On aurait dit que les maisons s'étaient penchées; elles avaient l'air toutes tordues et semblaient sortir d'un conte de fées. Tout était pâle et fantomatique, d'une blancheur de lait.

Sophie aperçut en face la boutique de Mme Rance où l'on pouvait acheter des boutons, de la laine et des élastiques. Elle paraissait irréelle, baignée elle aussi de cette même pâleur brumeuse.

Sophie laissa errer son regard un peu plus loin dans la rue, puis de plus en plus loin.

Et soudain, elle se figea. *Quelque chose remontait la rue, sur le trottoir opposé.*

Quelque chose de tout noir
De tout noir et de tout grand
De tout noir, de tout grand et de tout mince.

Qui ?

Cela n'avait rien d'humain. Ce ne pouvait l'être. C'était quatre fois plus grand que le plus grand des hommes. C'était si grand que sa tête dominait les plus hautes fenêtres des maisons. Sophie ouvrit la bouche pour crier, mais aucun son n'en sortit. Sa gorge, comme tout le reste de son corps, était paralysée par la peur.

C'était à n'en pas douter l'heure des ombres. La grande silhouette mince allait son chemin. Elle marchait en rasant les façades, de l'autre côté de la rue, et en se cachant dans les recoins sombres, à l'abri du clair de lune. Elle s'approchait de plus en plus près, en avançant par à-coups. Elle s'arrêtait puis repartait, puis s'arrêtait encore.

Que pouvait-elle bien faire ?

Ah, mais oui ! Sophie comprenait à présent son manège. La silhouette s'arrêtait devant chaque maison. Elle s'arrêtait et jetait un coup d'œil par les fenêtres du dernier étage. À la vérité, il lui fallait se pencher pour pouvoir coller l'œil aux carreaux. C'est dire à quel point elle était grande.

Elle s'arrêtait et regardait à l'intérieur. Puis elle se glissait jusqu'à la prochaine maison, s'arrêtait de nouveau, jetait de nouveau un coup d'œil par la fenêtre et ainsi tout au long de la rue.

La silhouette était maintenant beaucoup plus proche et Sophie la distinguait plus nettement. En l'observant avec attention, elle finit par conclure qu'il devait s'agir d'une sorte de *personne*. De toute évidence, ce n'était pas un être humain. Mais sans nul doute, c'était une *personne*. Et une *grande personne* ou, plutôt, une personne *géante*.

Sophie scruta avec insistance la rue embrumée que la lune éclairait. Le géant (si c'en était bien un) était vêtu d'une longue *cape noire*. Dans une main, il tenait ce qui semblait une *très longue* et *très fine trompette*. De l'autre main, il portait une *grande valise*.

Le géant s'était à présent arrêté devant la maison de M. et Mme Goochey. Les Goochey possédaient un commerce de primeurs situé au centre de la Grand-Rue et toute la famille vivait au-dessus de la boutique. Sophie savait que les deux enfants Goochey avaient une chambre au premier étage, qui donnait sur la rue.

L'œil collé à la fenêtre, le géant regardait à l'intérieur de la pièce où dormaient Michael et Jane Goochey. De l'autre côté de la rue, Sophie l'observait en retenant son souffle.

Elle vit le géant faire un pas en arrière et poser sa valise sur le trottoir. Il se pencha, l'ouvrit et y prit quelque chose qui ressemblait à un bocal, un de ces bocaux carrés munis d'un couvercle rond. Il dévissa le couvercle et versa le contenu du bocal dans sa longue trompette.

Sophie s'était mise à trembler en le regardant faire. Elle vit le géant se redresser puis glisser le pavillon de la trompette par la fenêtre ouverte de la pièce où dormaient les enfants Goochey. Le géant prit alors une profonde inspiration et pshouff! il souffla dans sa trompette. Il n'en sortit aucun bruit, mais il était clair qu'à présent le contenu du bocal avait été projeté par la trompette dans la chambre des enfants Goochey.

De quoi pouvait-il bien s'agir ? Le géant retira sa trompette de la fenêtre et se pencha pour ramasser la valise; en même temps, il tourna la tête et jeta un coup d'œil de l'autre côté de la rue.

Dans la clarté de la lune, Sophie aperçut l'espace d'un instant une énorme tête, longue, pâle et ridée, dotée d'oreilles gigantesques. Il avait un nez en lame de couteau et au-dessus, deux yeux brillants qui lançaient des éclairs, deux yeux dont le regard tomba droit sur Sophie. Et ce regard semblait féroce, diabolique. Sophie eut un haut-le-corps et s'éloigna de la fenêtre en reculant d'un bond. Puis elle traversa en courant le dortoir, sauta dans son lit et se cacha sous la couverture. Là, tremblant de tous ses membres, elle se recroquevilla et resta sans bouger, comme une souris terrée dans son trou.

L'ENLÈVEMENT

Blottie sous la couverture, Sophie attendait. Elle laissa passer une minute environ puis elle souleva un coin du drap et jeta un coup d'œil dans le dortoir. Pour la seconde fois cette nuit-là, son sang se glaça dans ses veines et elle voulut crier mais il ne sortit aucun son de sa gorge. Là, à la fenêtre, il y avait l'énorme tête du géant, longue, pâle et ridée, encadrée par les rideaux qu'elle repoussait de chaque côté, et ses yeux noirs qui lançaient des éclairs regardaient fixement le lit de Sophie.

Un instant plus tard, une main immense aux doigts pâles apparut à la fenêtre et se glissa à l'intérieur comme un serpent. Elle était suivie d'un bras qui avait l'épaisseur d'un tronc d'arbre et tout ensemble, bras, main et doigts s'avançaient vers le lit de Sophie.

Cette fois, Sophie cria vraiment, mais pendant une seconde seulement car aussitôt la main immense s'abattit sur le lit et le cri fut étouffé sous la couverture. Sophie, ramassée sur elle-même, sentit la force des doigts qui se resserraient autour d'elle puis la soulevaient de son lit avec draps et couverture, et en un clin d'œil, la main l'emporta au-dehors par la fenêtre.

S'il vous est possible d'imaginer quelque chose de plus terrifiant survenant au beau milieu de la nuit, prière de me le faire savoir !

Et le plus effroyable, c'est que Sophie savait exactement ce qui se passait bien qu'elle n'en pût rien voir. Elle savait qu'un monstre (ou un géant) avec une énorme tête, longue, pâle, et ridée, aux yeux menaçants, l'avait arrachée à son lit en pleine heure des ombres et l'emportait à présent au-dehors, emmaillotée dans une couverture, après l'avoir fait passer par la fenêtre.

Et voici ce qui arriva ensuite. Lorsqu'il l'eut sortie du dortoir, le géant emprisonna Sophie dans la couverture en rabattant les quatre coins et en les maintenant bien fermés entre ses doigts immenses. Puis, de l'autre main il ramassa la trompette et la valise avant de déguerpir à toutes jambes.

Sophie, en se tortillant dans la couverture, s'arrangea pour passer le nez à travers une petite fente laissée libre juste sous la main du géant et put ainsi jeter un regard alentour. De chaque côté, elle vit défiler à toute allure les maisons du village. Le géant courait le long de la Grand-Rue et il courait si vite que sa cape noire se déployait derrière lui comme les ailes d'un oiseau. Chacune de ses enjambées avait la longueur d'un court de tennis. Il courut ainsi hors du village et bientôt traversa les champs qui s'étendaient au clair de lune. Les haies qui servaient de clôtures n'étaient pas pour lui un obstacle, il les enjambait tout simplement. Sur son chemin apparut une large rivière qu'il franchit d'un bond.

Sophie était accroupie dans la couverture et regardait au-dehors, ballottée contre la jambe du géant comme un sac de pommes de terre. Ils parcoururent d'autres champs, sautèrent d'autres haies et d'autres rivières et, au bout d'un moment, une pensée terrifiante traversa l'esprit de Sophie. « C'est la faim qui le fait courir si vite, se dit-elle, il a hâte de rentrer chez lui pour me dévorer en guise de petit déjeuner. »

LA CAVERNE

Le géant courait et courait encore. Mais il s'était produit un curieux changement dans l'allure de sa course. Il semblait avoir soudain passé une vitesse supérieure. Il allait de plus en plus vite à tel point que le paysage alentour devint flou. Le vent picotait les yeux de Sophie et lui faisait venir des larmes. Elle avait l'impression que les pieds du géant ne touchaient plus le sol. On aurait dit qu'il volait ; quant à savoir s'il parcourait la terre ou la mer, c'était impossible. Il y avait quelque chose de magique dans ses jambes. Le vent, qui cinglait le visage de Sophie, soufflait si fort à présent qu'elle dut se réfugier à l'intérieur de la couverture de peur que sa tête ne fût emportée. Étaient-ils véritablement en train de traverser un océan ? Sophie en tout cas en avait la sensation.

Elle se pelotonna dans la couverture et écouta siffler le vent. Il lui sembla que le voyage dura des heures.

Puis tout à coup, le vent cessa de mugir. Le pas du géant ralentit et Sophie sentit ses pieds se poser à nouveau sur la terre ferme. Elle passa la tête par la fente pour jeter un coup d'œil. Ils se trouvaient maintenant dans un paysage de forêts touffues et de rivières bouillonnantes. Le géant avait bel et bien modéré son allure et il courait à présent plus normalement,

si tant est que le mot «normal» ait un sens quand il s'agit de qualifier le galop d'un géant. Il franchit une douzaine de rivières, bondissant à chaque fois d'une berge à l'autre, parcourut à la hâte une vaste forêt puis descendit dans une vallée, remonta sur une chaîne de collines nues comme le ciment et s'élança au travers d'une terre désolée qui semblait d'un autre monde. Le sol en était plat, d'une couleur jaune pâle. De gros blocs de roche bleue étaient dispersés çà et là et des arbres morts se dressaient un peu partout tels des squelettes. La lune avait disparu depuis longtemps et c'était maintenant l'aube qui pointait.

Sophie qui continuait de regarder par la fente de la couverture vit soudain devant elle une haute montagne escarpée. La montagne était d'un bleu sombre et tout autour, le ciel scintillait dans un jaillissement de lumière. Des lambeaux d'or pâle s'étiraient parmi des flocons de nuages d'un blanc de givre et le soleil de l'aube, rouge comme le sang, apparaissait au lointain.

Le géant fit halte au pied de la montagne. Il soufflait avec force et sa large poitrine se bombait et se contractait au rythme de sa respiration. Il resta ainsi immobile pour reprendre haleine. Juste devant eux, appuyée contre le flanc de la montagne, Sophie apercevait une pierre ronde et massive. Elle avait la taille d'une

maison. Le géant tendit le bras et roula la pierre de côté aussi facilement que s'il s'était agi d'un ballon de football, découvrant ainsi un énorme trou noir. Un trou si grand que le géant n'eut pas même besoin de baisser la tête pour le franchir. Il avança d'un pas dans les ténèbres, portant toujours Sophie d'une main et de l'autre, sa trompette et sa valise.

Dès qu'il fut à l'intérieur, il se retourna et roula la pierre dans l'autre sens pour la remettre en place. L'entrée de sa caverne était ainsi complètement invisible du dehors. Et maintenant que l'ouverture était bouchée, il n'y avait plus le moindre rayon de lumière dans la grotte. Tout était noir.

Sophie sentit qu'on la descendait vers le sol. Le géant en effet déposa la couverture par terre et en lâcha les coins. Puis ses pas s'éloignèrent et la fillette, tremblante de peur, resta assise dans l'obscurité.

« Il s'apprête à me manger, pensa-t-elle, il va probablement me dévorer toute crue. Ou peut-être me fera-t-il bouillir. Ou frire. Il va me jeter comme une tranche de lard dans quelque gigantesque poêle pleine de beurre grésillant. »

Un torrent de lumière illumina soudain l'endroit. Sophie cligna les yeux et regarda autour d'elle. Elle vit une haute et immense caverne au plafond de roc. De chaque côté, des rayonnages recouvraient les murs et portaient des rangées de bocaux de verre disposées les unes au-dessus des autres. Il y avait des bocaux partout. On les voyait empilés dans chaque coin et recoin et il n'était pas, dans toute la caverne, un seul endroit qui n'en fût encombré. Au beau milieu trônaient une table haute de quatre mètres et une chaise en proportion.

Le géant ôta sa cape noire et la pendit au mur. Sophie remarqua qu'il portait sous la cape une sorte de chemise sans col ainsi qu'un vieux gilet de cuir sale qui semblait entièrement dépourvu de boutons. Il avait également un pantalon d'une couleur vert

délavé, beaucoup trop court pour ses jambes. Ses pieds nus étaient chaussés d'une paire de sandales ridicules percées de trous sur les côtés avec à chaque bout un trou plus grand par lequel dépassaient ses orteils.

Sophie, vêtue de sa chemise de nuit, se tenait accroupie sur le sol de la caverne et observait le géant à travers ses épaisses lunettes à monture d'acier. Elle tremblait comme une feuille en plein vent, avec l'impression qu'un doigt glacé lui parcourait l'échine de haut en bas.

– Ha ! s'écria le géant qui s'avança vers elle en se frottant les mains, voyons un peu ce qu'on a rapporté là, nous autres !

Et sa voix tonitruante résonnait dans la caverne en roulant comme le tonnerre.

LE BGG

Le géant ramassa d'une main Sophie qui ne cessait de trembler et l'emmena au milieu de la caverne pour la poser sur la table.

« Cette fois, ça y est, il va me dévorer pour de bon », pensa Sophie.

Le géant s'assit sur la chaise et la regarda avec insistance. Ses oreilles étaient vraiment démesurées. Chacune avait la taille d'une roue de camion et il avait le pouvoir de les remuer à sa guise en les écartant de sa tête ou en les rabattant en arrière.

– Moi, j'ai faim ! gronda le géant.

Puis il se mit à sourire, en découvrant d'immenses dents carrées. Elles étaient très carrées et très blanches et semblaient plantées dans ses mâchoires comme d'énormes tranches de pain de mie.

– S'il... s'il vous plaît, ne me mangez pas... bredouilla Sophie.

Le géant éclata d'un rire retentissant.

– Alors, parce que moi, c'est un géant, tu crois que c'est un gobeur d'hommes canne à balles ? s'exclama-t-il. Hé ! tu as raison ! Les géants, c'est tous cannibalaires et patibules ! C'est vrai : ils mangent des hommes de terre ! Et ici, on est au pays des géants ! Les géants, ils sont partout ! Là-bas, dehors, il y a

le célèbre géant Croqueur d'os ! Le géant Croqueur d'os croque chaque soir pour son souper deux hommes de terre frits ! Avec un bruit à faire éclater les oreilles ! Le bruit des os croqués qui crissent et craquent à des kilomètres à la ronde !

– Ouille ! aïe ! s'écria Sophie.

– Le géant Croqueur d'os ne mange que des hommes de terre suisses, poursuivit le géant, chaque nuit, le Croqueur d'os s'en va galoper chez les Suisses pour ramasser des Vaudois, rien que des Vaudois !

Cette révélation choqua si fortement le patriotisme de Sophie qu'elle en éprouva une vive colère.

– Et pourquoi des Vaudois ? s'indigna-t-elle. Qu'a-t-il donc contre les Anglais, celui-là ?

– Le Croqueur d'os dit que les Vaudois sont bien plus juteux, beaucoup plus savouricieux. Le Croqueur d'os dit que dans le canton de Vaud les hommes de terre ont un goût délectable, un goût d'escalope.

– Ça me paraît logique, répliqua Sophie.

– Bien sûr que c'est logique ! s'écria le géant, chaque homme de terre est sanglier et différent.

– Sanglier ? s'étonna Sophie.

– Sanglier ou singulier, peu importe ! Tous les hommes de terre sont différents. Certains sont délexquisavouricieux, d'autres sont ignominables. Les Grecs, par exemple, sont tout à fait exécrignobles. Les géants ne mangent jamais de Grecs.

– Et pourquoi cela ? demanda Sophie.

– Les Grecs de Grèce ont un goût de gras, expliqua le géant.

– C'est bien possible, admit Sophie.

En même temps, elle se demanda avec un frisson où cette conversation allait bien pouvoir mener. Mais de toute façon, il *fallait* qu'elle continue à badiner avec ce drôle de géant et qu'elle s'efforce de rire à ses plaisanteries. S'agissait-il cependant de plaisanteries ? Peut-être qu'en racontant ses histoires de mangeaille, cette grande brute était tout simplement en train de se mettre en appétit.

– Comme je le disais, reprit le géant, tous les hommes de terre ont un goût différent. Par exemple, les hommes de terre de Panama ont un goût de chapeau.

– Pourquoi de chapeau ? interrogea Sophie.

– Tu n'es pas bien maligne, répliqua le géant en battant l'air de ses grandes oreilles, je croyais que tous les hommes de terre étaient pleins de cervelle, mais toi, tu as la tête plus vide qu'une cloche à fromage.

– Vous aimez les légumes ? demanda Sophie qui espérait ainsi orienter la conversation vers une sorte de nourriture un peu moins dangereuse.

– Tu essayes de changer de sujet, dit le géant d'un ton sévère, nous étions lancés dans un intéressant bavardinage sur le goût des hommes de terre et les hommes de terre ne sont pas des légumes.

– Pourtant, les *pommes* de terre sont des légumes, fit remarquer Sophie.

– Mais pas les *hommes* de terre, répliqua le géant, les hommes de terre ont deux jambes et un légume n'a pas de jambes du tout.

Sophie cessa de discuter. Elle ne voulait surtout pas risquer de mettre le géant en colère.

– Les hommes de terre, continua-t-il, ont des milmillions de goûts différents. Par exemple en Autruche, ils ont bigrement le goût d'oiseau. Il y a quelque chose de très volatile en Autruche.

– Vous voulez dire en *Autriche*, rectifia Sophie, l'autruche n'a rien à voir avec l'Autriche…

– L'Autriche, c'est l'Autruche, dit le géant, ne blablatifole pas avec les mots. Je te donne un autre exemple : les hommes de terre des îles Shetland ont un détestable goût de laine qui râpe la langue, on a l'impression de mâcher des bulles en verre.

– Vous voulez dire des *pull-overs*, rectifia de nouveau Sophie.

– Et voilà que tu recommences à blablatifoler ! s'écria le géant. Ça suffit, maintenant ! Ceci est un sujet sérieux et dix ficelles. Je peux continuer ?

– Je vous en prie, dit Sophie.

– Les hommes de Terre-Neuve ont un goût de chien, poursuivit le géant.

– Bien sûr, les terre-neuve sont des chiens, fit observer Sophie.

– Faux ! s'exclama le géant en se frappant la cuisse du plat de la main. Les hommes de Terre-Neuve ont un goût de chien parce qu'ils ont le goût du *labrador* !

– Et les gens du Labrador, quel goût ont-ils, dans ce cas ? interrogea Sophie.

– Un goût de terre-neuve ! s'écria le géant avec un air de triomphe.

– N'êtes-vous pas en train de tout confondre ? s'inquiéta Sophie.

– Je suis un géant très confus, avoua le géant, mais je fais de mon mieux. Et encore, je ne suis pas aussi confus que les autres géants. J'en connais un qui galope chaque soir jusqu'à Wellington pour y chercher de quoi dîner.

– Wellington ? Où est-ce Wellington ? demanda Sophie.

– Ma parole, tu as de la purée de mouches dans le crâne ! s'exclama le géant. Wellington se trouve en Nouvelle-Zélande et là-bas, les hommes de terre sont particulièrement délexquisavouricieux à ce que dit le zéant de Nouvelle-Gélande.

– Ils ont un goût de quoi à Wellington ? interrogea Sophie.

– Un goût de général anglais, répondit le géant.

– Bien sûr, admit Sophie, j'aurais dû m'en douter…

Sophie estima que cette conversation avait assez duré. Si elle devait être mangée, mieux valait en finir une bonne fois plutôt que de laisser ainsi les choses traîner en longueur.

– Et vous ? Quelle sorte d'êtres humains mangez-vous ? demanda-t-elle avec appréhension.

– Moi ?! s'exclama le géant en faisant trembler de sa voix puissante les rangées de bocaux alignés sur les étagères. Moi, me nourrir d'hommes de terre ?! Ça, moi, jamais ! Les autres, oui ! Tous les autres en dévorent chaque nuit, mais pas moi ! Moi, c'est un géant farfelu ! Un gentil géant tout confus ! Je suis le seul gentil géant tout confus au pays des géants ! Je suis le Bon Gros Géant ! Je suis le BGG ! Et toi, quel est ton nom ?

– Je m'appelle Sophie, dit Sophie en osant à peine croire à l'excellente nouvelle qu'elle venait d'entendre.

LES GÉANTS

– Mais puisque vous êtes si bon et si gentil, pourquoi êtes-vous venu me prendre dans mon lit pour m'emmener chez vous ? s'étonna Sophie.

– Parce que tu m'as *vu*, répondit le Bon Gros Géant, et quiconque *voit* un géant doit être emmené illico presti.

– Pourquoi cela ? demanda Sophie.

– Tout d'abord, dit le BGG, les hommes de terre ne croient pas vraiment aux géants, ils ne pensent pas que nous existons.

– Moi, j'y crois, dit Sophie.

– Ah mais ça, c'est seulement parce que tu m'as *vu* ! s'exclama le BGG. Et je ne peux pas permettre à qui que ce soit, même à une petite fille, de me voir et de rester ensuite à la maison. La première chose que tu ferais, tu irais gambadiller alentour en t'égosillant à qui mieux mieux : « J'ai vu un géant ! J'ai vu un géant ! » et après, il y aurait une grande chasse au géant, une énorme battue, « cherchez le géant », ils s'y mettraient dans tout le monde entier avec plein d'hommes de terre qui fouilleraient partout pour trouver le géant que la petite fille a vu et ils deviendraient de plus en plus excités, je les aurais tous sur mes traces, à mes trousses, qui me suivraient, poursuivraient, avec Dieu sait quoi, et ils m'attraperaient et ils m'enfermeraient dans une cage pour me regarder. Ils me mettraient au zoo ou dans un parc à fractions avec tous les hippogrossesdames et les alligrasporcs.

Sophie savait bien que le BGG disait vrai. Si quiconque affirmait avoir véritablement vu un géant rôder dans les rues d'une ville en pleine nuit, un formidable remue-ménage s'ensuivrait dans le monde entier.

– Et je te parie, reprit le BGG, que tu aurais claironné la nouvelle sur toute la surface de cette maudite planète, pas vrai ? si je ne t'avais pas escamotée.

– Je crois bien que oui, admit Sophie.

– Et ça, je n'en veux pas, dit le BGG.

– Alors que va-t-il m'arriver, maintenant ? s'inquiéta Sophie.

– Si tu t'en retournes, dit le BGG, tu préviendras le monde dans les télé-bla-bla de la boîte à fadaises et chez les radio-rapporteurs. Il faudra donc que tu restes ici jusqu'à la fin de tes jours.

– Oh non ! s'écria Sophie.

– Oh si ! répliqua le BGG. Et je te préviens, il s'agit de ne pas aller te promener sans moi hors de cette caverne, sinon, tu

finiras en hachis-charpie ! Je vais te montrer qui va te manger si tu laisses apercevoir le moindre petit mini-bout de ton nez.

Le Bon Gros Géant souleva Sophie de la table et l'emmena jusqu'à l'entrée de la caverne. Il roula de côté l'énorme pierre puis :

– Jette donc un coup d'œil là dehors, petite fille, dit-il, et raconte-moi ce que tu vois.

Sophie, assise sur la main du BGG, regarda à l'extérieur de la caverne. Le soleil était haut à présent et il écrasait sous sa fournaise la vaste étendue jaunâtre et désolée, avec ses blocs de roche bleue et ses arbres morts.

– Tu les vois ? demanda le BGG.

Sophie cligna ses yeux éblouis par le soleil et aperçut bientôt plusieurs silhouettes d'une taille fantastique qui déambulaient parmi les rochers à cinq cents mètres de là. Trois ou quatre autres étaient assises, immobiles, sur les rocs mêmes.

– C'est le pays des géants, dit le BGG, et tous ceux-là sont des géants, chacun d'eux.

C'était une vision ahurissante. Les géants n'avaient pour seul vêtement qu'une sorte de jupe courte nouée autour des hanches et leur peau était brûlée par le soleil. Mais c'était surtout leur taille qui semblait stupéfiante. Ils étaient tout simplement colossaux, beaucoup plus hauts et larges que le Bon Gros Géant sur la main duquel Sophie était toujours assise. Et ils étaient si laids ! Nombre d'entre eux avaient de gros ventres. Et tous avaient de longs bras et de grands pieds. Ils se trouvaient trop loin pour qu'on pût distinguer les traits de leurs visages mais cela valait sans doute mieux.

– Que font-ils donc là ? demanda Sophie.

– Rien, répondit le BGG, ils traînaillent et flânouillent en attendant la nuit. Alors, ils s'en iront galoper dans des pays où il y a des gens pour y chercher de quoi souper.

– Vous voulez dire en Suisse, chez les Vaudois ? interrogea Sophie.

– Le géant Croqueur d'os s'en ira galoper en Suisse, bien sûr, dit le BGG, mais les autres fileront vers toutes sortes d'endroits au diable l'envers comme Wellington pour y goûter des généraux ou Panama pour le goût de chapeau. Chaque géant a son terrain de chasse favori.

– Est-ce qu'ils vont parfois en Angleterre ? demanda Sophie.

– Souvent, répondit le BGG. Ils disent que les Anglais ont un merveilleux goût de pou-dingue.

– Je ne suis pas sûre de bien comprendre ce que cela signifie, déclara Sophie.

– La signification n'a pas d'importance, assura le BGG, on ne peut pas toujours parler clairement. Très souvent, mes phrases ne sont pas du tout adroites, elles sont même très à gauche.

– Et tous ces monstres, là-bas, vont vraiment aller manger des gens cette nuit ? demanda Sophie.

– Toutes les nuits, ils se goinfrent d'hommes de terre,

répondit le BGG, tous sauf moi. C'est pour ça que tu finirais en hachis-charpie si jamais l'un d'eux posait ses mirettes sur toi. Il t'englouffrirait d'une seule bouchée comme une crème chante-Lily.

– Mais c'est horrible de manger des gens ! s'exclama Sophie. C'est terrifiant ! Comment se fait-il que personne ne les en empêche ?

– Et qui donc irait les en empêcher, s'il te plaît ? interrogea le BGG.

– Vous, par exemple, dit Sophie.

– Autant siffler dans un cochon, répliqua le BGG, tous ces géants mangeurs d'hommes sont immenses et très féroces. Ils sont au moins deux fois plus larges que moi et mesurent le double de ma royale grandeur.

– Deux fois plus grands que vous ? s'écria Sophie.

– Facilement, assura le BGG. Tu les vois de loin, mais attends donc de les observer de plus près. Tous ces géants font au moins quinze mètres de haut avec des muscles énormes et les quinquets aux aguets. Moi, c'est le riquiqui à côté, c'est moi le nabot. Sept mètres vingt, au pays des géants, c'est de la toupie de sansonnet.

– Il ne faut pas en avoir honte, dit Sophie, moi, je vous trouve très bien. Je parie que vos orteils sont grands comme des saucisses.

– Plus grands encore, affirma le BGG d'un air réjoui, ils sont grands comme des concombres.

– Combien y a-t-il de géants ? demanda Sophie.

– Neuf en tout, répondit le BGG.

– Cela signifie que chaque nuit, il y a quelque part dans le monde neuf malheureux qui se font enlever et dévorer vivants ? s'indigna Sophie.

– Plus, assura le BGG, tout dépend de la taille des hommes de terre. Les hommes de terre japonais, par exemple, sont tout petits et un géant doit avaler environ six Japonais avant d'être rassasié. D'autres, comme les Norvégiens ou les Amers requins sont beaucoup plus grands et, généralement, deux ou trois d'entre eux font un bon casse-croûte.

– Et ces affreux géants vont dans tous les pays du monde ? demanda Sophie.

– Tous les pays, sauf la Grèce, ont droit à leur visite un jour ou l'autre, répondit le BGG. Un géant choisit un pays selon ses envies du moment. Si c'est la canicule et qu'il a aussi chaud qu'une noix de beurre dans une poêle à frire, il ira probablement galoper dans le Grand Nord frisquet pour y chercher un ou deux esquimaux bien glacés qui le rafraîchiront. Mais s'il gèle à fière pendre, et que le géant est frigidifié, il ira sans doute pointer son nez chez les hommes de terres chaudes pour s'y faire une bonne purée.

– C'est parfaitement répugnant, commenta Sophie.

– Il n'y a rien de meilleur qu'une bonne purée d'hommes de terres chaudes pour réchauffer un géant froid, poursuivit le BGG.

– Et si vous me déposiez sur le sol et que j'aille me promener parmi eux, est-ce qu'ils me mangeraient vraiment ? interrogea Sophie.

– Ils t'avaleraient plus vite qu'un courant d'air ! s'exclama le BGG. Tu es si petite qu'ils n'auraient même pas besoin de te mâcher. Le premier qui te verrait te ramasserait entre deux doigts et tu disparaîtrais dans son gosier comme une goutte de pluie.

– Retournons donc à l'intérieur, dit alors Sophie, rien que de les voir, j'en suis malade.

LES OREILLES MERVEILLEUSES

Lorsqu'ils furent rentrés dans la caverne, le Bon Gros Géant posa de nouveau Sophie sur l'immense table.

– Tu es sûre d'avoir bien chaud dans ta chemisette ? demanda-t-il. Tu n'es pas trop frisquette ?

– Je me sens très bien, assura Sophie.

– Je ne peux pas m'empêcher de penser à tes pauvres parents, dit alors le BGG. À l'heure qu'il est, ils doivent être à trettiner et tropigner de large en long dans toute la maison en criant : « Ohé, ohé, où est Sophie ? »

– Je n'ai pas de parents, dit Sophie, ils sont morts tous les deux quand j'étais encore bébé.

– Oh, pauvre petite mouflette ! s'écria le BGG. Et ils te manquent beaucoup ?

– Pas vraiment, répondit Sophie, je ne les ai jamais connus.

– Tu me rends tout triste, dit le BGG, en se frottant les yeux.

– Ne soyez pas triste, le consola Sophie, personne ne se fera beaucoup de souci pour moi. La maison d'où vous m'avez enlevée, c'est l'orphelinat du village. Il n'y a là que des orphelins.

– Tu es une zorpheline ?

– Oui.

– Et combien y en avait-il avec toi ?

– Nous étions dix, répondit Sophie, rien que des petites filles.

– Tu étais heureuse, là-dedans ? demanda le BGG.

– Oh non ! J'avais horreur de cet endroit ! assura Sophie. La directrice s'appelait Mme Clonkers et si jamais elle nous prenait à faire quelque chose d'interdit, comme de se lever la nuit ou d'oublier de plier ses affaires, elle nous punissait.

– Qu'est-ce qu'elle vous donnait comme punition ?

– Elle nous enfermait dans une cave toute noire, pendant un jour et une nuit, sans nous donner ni à manger ni à boire.

– Oh ! l'effroyable vieille scrofule ! s'exclama le BGG.

– C'était horrible, poursuivit Sophie, nous étions terrifiées. Il y avait des rats, là-dedans, on les entendait trottiner partout.

– La répugnante vieille tournebulle ! s'indigna le BGG. C'est la chose la plus abominable que j'aie entendue depuis des années ! Ça me rend plus triste que jamais !

Tout aussitôt, une énorme larme qui eût suffi à remplir un seau roula sur la joue du BGG et tomba avec un grand floc, en faisant une grosse flaque.

Sophie contempla le géant avec étonnement. Voici un être bien étrange et bien imprévisible, pensa-t-elle. Tantôt, il me dit que j'ai de la purée de mouches dans le crâne, et l'instant d'après, il a le cœur brisé quand je lui raconte que Mme Clonkers nous enfermait dans la cave.

– Ce qui me chagrine, *moi*, reprit Sophie, c'est d'avoir à rester dans cet endroit épouvantable jusqu'à la fin de mes jours. L'orphelinat était tout à fait détestable, mais au moins, je n'y aurais pas passé toute ma vie.

– Tout est de ma faute, se lamenta le BGG, c'est moi qui t'ai kidnattrapée.

Et une autre larme tout aussi énorme jaillit à nouveau de son œil puis s'écrasa bruyamment sur le sol.

– Pourtant, plus j'y pense, et plus je me dis que je ne resterai pas si longtemps que ça, poursuivit Sophie.

– J'ai bien peur que si, dit le BGG.

– Non, insista Sophie, car ces brutes finiront bien par m'attraper un jour ou l'autre et je leur servirai alors de goûter.

– Jamais je ne permettrai une chose pareille, assura le BGG.

Il y eut quelques instants de silence dans la caverne. Enfin, Sophie reprit la parole :

– Puis-je vous poser une question ? demanda-t-elle.

Le BGG essuya ses larmes d'un revers de main et posa sur Sophie un long regard pensif.

– Vas-y, dit-il.

– Voulez-vous me dire ce que vous faisiez dans notre village la nuit dernière ? Pourquoi avez-vous glissé cette longue trompette par la fenêtre des enfants Goochey pour ensuite souffler dedans ?

– Ah, ah ! s'écria le BGG en se redressant soudain sur sa chaise, voilà qu'on devient plus curieux qu'une fouine !

– Et la valise que vous portiez ? demanda Sophie. À quoi tout cela pouvait-il bien rimer ?

Le BGG fixa d'un regard soupçonneux la petite fille assise en tailleur sur la table.

– Tu me demandes de te révéler de bougrement grands secrets, répondit-il, des secrets dont jamais personne n'a entendu parler.

– Je n'en parlerai jamais, moi non plus, promit Sophie, je le jure. D'ailleurs, comment le pourrais-je ? Je suis coincée ici pour le reste de mes jours.

– Tu pourrais en parler aux autres géants.

– Certainement pas, assura Sophie, vous m'avez prévenue qu'ils me mangeraient si jamais ils me voient.

– Ça, c'est sûr, confirma le BGG, tu viens de chez les hommes de terre et les hommes de terre sont aussi délicieux qu'une framboiserie à la crème pour les géants.

– S'ils me mangent sitôt qu'ils m'auront vue, comment, dans ce cas, aurais-je le temps de leur dire quoi que ce soit ? fit remarquer Sophie.

– Tu n'en aurais pas le temps, c'est sûr, répondit le BGG.

– Alors, pourquoi dites-vous que je pourrais parler ?

– La vérité, c'est que je suis plein de bavardouillages, confessa le BGG, et si tu écoutes tout ce que je raconte, tu en auras bientôt mal aux oreilles.

– S'il vous plaît, dites-moi ce que vous faisiez dans notre village, insista Sophie, je vous promets que vous pouvez me faire confiance.

– Est-ce que tu m'apprendras à fabriquer un éléfont ? demanda le BGG.

– Que voulez-vous dire ? s'étonna Sophie.

– J'aimerais tellement avoir un éléfont pour me promener dessus, dit le BGG d'un air rêveur, un bon beau Babar d'éléfont pour aller dans la forêt cueillir des gros fruits juteux aux branches des arbres. J'y passerais toutes mes journées. Ici, on cuit dans ce bougre de pays tout craquelé de chaleur. Il n'y pousse rien à part des schnockombres. J'aimerais bien aller ailleurs et cueillir des gros fruits juteux, assis sur le dos d'un éléfont, le matin de bonne heure.

Sophie se sentit émue en l'entendant parler ainsi.

– Peut-être qu'un jour nous vous trouverons un éléphant, dit-elle, et de gros fruits juteux également. Mais à présent, dites-moi ce que vous faisiez dans notre village.

– Si tu veux vraiment savoir ce que je fais dans ton village, répondit le BGG, eh bien, voilà : je souffle des rêves dans les chambres des enfants.

– Vous soufflez des rêves ? s'étonna Sophie. Que voulez-vous dire ?

– Je suis un géant souffleur de rêves, dit le BGG. Quand tous les autres géants s'en vont galoper sur les chemins pour avaler des hommes de terre, moi, je cours souffler des rêves dans les chambres des enfants qui dorment. De beaux rêves. De jolis rêves dorés. Des rêves qui les rendent heureux.

– Hé, mais où allez-vous les chercher, ces rêves ? interrogea Sophie.

– Je les attrape, dit le BGG en montrant d'un geste de la main les rangées de bocaux qui s'alignaient sur les étagères, j'en ai des milliers.

– C'est impossible d'attraper un rêve ! affirma Sophie. Un rêve ce n'est pas quelque chose qu'on peut saisir.

– Tu ne comprendras jamais rien à ça, répliqua le BGG, c'est pourquoi je ne peux pas t'en parler.

– Oh si, dites-moi, implora Sophie, je comprendrai ! Allez-y ! Dites-moi comment vous faites pour attraper des rêves, racontez-moi tout !

Le BGG s'installa confortablement sur sa chaise et croisa les jambes.

– Les rêves, dit-il, sont des choses très mystérieuses. Ils flottent dans l'air comme de petites bulles fines et floues en cherchant sans cesse des gens qui dorment.

– Peut-on les voir ? demanda Sophie.

– Jamais du premier coup.

– Dans ce cas, comment faites-vous pour les attraper s'ils sont invisibles ? s'étonna Sophie.

– Ah, ah, s'exclama le BGG, c'est maintenant qu'on en arrive aux sombres secrets bien cachés.

– Je promets que je ne dirai rien.

– Je te crois, dit le BGG.

Il ferma alors les yeux et resta immobile un instant, tandis que Sophie était suspendue à ses lèvres.

– Les rêves, reprit-il enfin, lorsqu'ils filent dans l'air de la nuit, émettent de tout petits bourdonnements. Mais ces petits bourdonnements sont si légers que les hommes de terre ne peuvent pas les entendre.

– Et vous, vous les entendez ? demanda Sophie.

Le BGG montra du doigt ses énormes oreilles en forme de roue de camion et il se mit à les remuer d'avant en arrière. Il était très fier de se livrer à ce petit exercice et son visage s'éclaira d'un sourire satisfait.

– Tu vois cela ? demanda-t-il.

– Ce serait difficile de ne pas le voir, répondit Sophie.

– Elles te paraissent peut-être un peu ridicules, dit le BGG, mais crois-moi, ce sont des oreilles tout à fait extraordinaires. Il ne faut pas s'en moquer.

– Oh non ! sûrement pas, approuva Sophie.

– Elles me permettent d'entendre absolument tout, même le bruit le plus infinitésifaible.

– Vous voulez dire que vous pouvez entendre des choses que moi je n'entends pas ? interrogea Sophie.

– Comparée à moi, tu es aussi sourde qu'une brioche ! s'exclama le BGG. Tu n'entends que les gros bruits lourdauds avec tes petites oreillouchettes. Mais moi, j'entends tous les secrets murmures du monde !

– Comme quoi, par exemple ? demanda Sophie.

– Dans ton pays, j'entends les pas d'une coccinelle qui marche sur une feuille d'arbre.

– Vraiment ? s'étonna Sophie, impressionnée.

– Et en plus, je les entends très fort, ajouta le BGG. Quand une coccinelle marche sur une feuille d'arbre j'entends ses pas qui font polotop polotop, tout comme ceux d'un géant !

– Mon Dieu ! s'écria Sophie. Et qu'entendez-vous d'autre ?

– J'entends les petites fourmis qui bavardouillent quand elles trottent sur le sol.

– Vous voulez dire que vous entendez parler les fourmis ?

– Chaque mot qu'elles prononcent, assura le BGG, bien que je ne comprenne pas leur baragouin.

– Continuez, dit Sophie.

– Parfois, lorsque la nuit est claire, reprit le BGG, et que je fais virevolter mes oreilles dans la bonne direction – le BGG tourna alors ses oreilles vers le plafond –, si je les tortille comme ceci et que la nuit est très claire, il m'arrive d'entendre une musique lointaine qui vient des étoiles dans le ciel.

Sophie sentit un étrange frissonnement lui parcourir le corps. Elle était assise en silence, attendant d'en entendre davantage.

– Ce sont mes oreilles qui m'ont dit que tu me regardais par la fenêtre la nuit dernière, dit le BGG.

– Mais je n'ai pas fait le moindre bruit, s'étonna Sophie.

– J'entendais battre ton cœur, de l'autre côté de la rue, dit le BGG, et il battait aussi fort qu'un tambour.

– Continuez, l'encouragea Sophie, s'il vous plaît.

– Je peux entendre les arbres et les plantes.

– Est-ce qu'ils parlent ? demanda Sophie.

– On ne peut pas dire qu'ils parlent vraiment, répondit le BGG, mais ils font des bruits. Par exemple, lorsque je viens de cueillir une jolie fleur et que j'en tords la tige jusqu'à ce qu'elle se casse, alors, j'entends la fleur crier. Je l'entends crier, et je l'entends très clairement.

– C'est vrai ? s'écria Sophie. Quelle horreur !

– Elle crie exactement comme toi tu crierais si on t'arrachait le bras.

– C'est vraiment vrai ? demanda Sophie.

– Tu crois que je te fanfaronne des sornettes ?

– C'est si difficile à croire.

– Alors j'arrête de raconter, dit brutalement le BGG, je ne veux pas que tu me traites de bobardeur.

– Oh non, je ne vous traite de rien du tout ! s'exclama Sophie, je vous crois ! Vraiment, je vous crois ! S'il vous plaît, continuez !

Le BGG posa sur elle un long regard sévère. Sophie soutint ce regard, son visage levé vers le sien.

– Je vous crois, dit-elle doucement.

Elle l'avait vexé, elle s'en rendait compte.

– Jamais je ne te bobarderai, assura-t-il.

– Je le sais bien, dit Sophie, mais il faut que vous compreniez que ce n'est pas facile pour moi de croire des choses aussi étonnantes du premier coup.

– Je comprends ça, dit le BGG.

– Alors, pardonnez-moi, s'il vous plaît, et continuez, lui demanda Sophie.

Il attendit encore un moment, puis reprit :

– C'est la même chose avec les arbres qu'avec les fleurs. Si je plante une hache dans le tronc d'un grand arbre, j'entends un son terrible qui vient du cœur de l'arbre.

– Quel genre de son ? demanda Sophie.

– Un gémissement étouffé, répondit le BGG. C'est le même son que l'on entend sortir de la bouche des mourants.

Il marqua une pause. La caverne s'emplit d'un long silence.

– Les arbres vivent et grandissent tout comme toi et moi, assura le BGG, ce sont des êtres vivants. Et les plantes aussi.

Il était assis tout droit sur sa chaise, à présent, les mains jointes devant lui. Son visage s'était éclairé et ses yeux ronds brillaient comme deux étoiles.

– J'entends tour à tour des bruits si terribles et si merveilleux, dit-il, on souhaiterait ne jamais entendre certains d'entre eux ! Mais d'autres, en revanche, sont des musiques de gloire !

Il semblait presque transfiguré par l'excitation que provoquaient en lui ses pensées. Son visage resplendissait sous l'effet de l'émotion et il en était devenu beau.

– Dites-m'en davantage, demanda Sophie d'une voix douce.

– Tu devrais essayer d'entendre parler les petites souricettes, reprit-il. Les petites souris sont sans cesse en train de bavarder et je les entends aussi fort que ma propre voix.

– Et que disent-elles ? interrogea Sophie.

– Elles sont les seules à le savoir, répondit-il, les araignées sont également très bavardes. Tu ne t'en doutais peut-être pas, mais les araignées sont les plus stupéfiants moulins à paroles que je connaisse. Quand elles tissent leurs toiles, elles n'arrêtent pas de chanter. Et leur chant est encore plus beau que celui du roussignol.

– Et qui d'autre entendez-vous ? demanda Sophie.

– Les chenilles sont aussi de sacrés sacs à paroles, poursuivit le BGG.

– Qu'est-ce qu'elles disent ?

– Elles se disputent sans cesse pour savoir qui deviendra le plus beau papilion. Elles ne parlent que de ça.

– Est-ce qu'il y a un rêve qui vole dans les environs, en ce moment ? demanda Sophie.

Le BGG remua ses oreilles en tous sens, écoutant attentivement. Puis il hocha la tête.

– Il n'y a pas de rêves par ici, dit-il, sauf dans les bocaux, bien sûr. Je connais un endroit bien particulier pour attraper des rêves. Les rêves viennent rarement au pays des géants.

– Comment faites-vous pour les attraper ?

– De la même façon que tu attrapes les papilions, répondit le BGG. Avec un filet.

Il se leva et traversa la caverne pour aller prendre une grande perche posée dans un coin, contre le mur. La perche était longue d'une dizaine de mètres et un filet était accroché à l'une de ses extrémités.

– Voici mon attrapeur de rêves, dit-il en saisissant la perche. Chaque matin je m'en vais capturer de nouveaux rêves que je range dans mes bocaux.

Puis soudain, il sembla se désintéresser tout à fait de la conversation.

– J'ai faim, dit-il, c'est l'heure de la pitance.

LES SCHNOCKOMBRES

– Mais si vous ne mangez pas des gens comme les autres géants, de quoi vous nourrissez-vous donc ? demanda Sophie.

– C'est un problème bigrement difficultueux dans la région, répondit le BGG. Dans ce pays miteux et calaminable, les bonnes mangeailles comme les ananas ou les six trouilles ne poussent pas. Et d'ailleurs, rien ne pousse ici sauf une espèce de légume tout à fait nauséabeurk. On l'appelle le schnockombre.

– Le schnockombre ! s'exclama Sophie, mais ça n'existe pas !

Le BGG regarda Sophie et lui sourit, découvrant une vingtaine de ses dents blanches et carrées.

– Pas plus tard qu'hier, dit-il, on ne croyait pas aux géants, n'est-ce pas ? Et voilà qu'aujourd'hui on ne croit pas aux schnockombres. Alors, sous prétexte qu'on n'a jamais *vu* quelque chose avec ses deux petits quinquets, on croit que cette chose-là n'existe pas ? Et qu'est-ce que tu fais dans ce cas du grand bizarro sauteur d'Écosse ?

– Je vous demande pardon ?

– Et du frisabosse ?

– Qu'est-ce que c'est que ça ? demanda Sophie.

– Et le bossalo ?

– Le quoi ?

– Et le scrompgneugneu ?

– Ce sont des animaux ? interrogea Sophie.

– Ce sont des animaux tout à fait courants, assura le BGG d'un air très supérieur. Je ne suis pas moi-même un géant qui sait tout mais il me semble bien que parmi les hommes de terre, il n'y a pas plus ignorant que toi. Tu as la tête pleine de coton francophile.

– Vous voulez dire de coton *hydrophile* ? rectifia Sophie.

– Ce que je veux dire et ce que je dis sont deux choses différentes, déclara le BGG d'un ton noble, et maintenant, je vais te montrer ce qu'est un schnockombre.

Le BGG ouvrit la porte d'un grand buffet massif et en retira la chose la plus étrange d'aspect que Sophie eût jamais contemplée. C'était long d'environ la moitié de la taille d'un homme mais beaucoup plus épais. La chose avait la circonférence d'un landau. Elle était noire avec de longues bandes blanches sur toute sa longueur, et des protubérances rugueuses couvraient sa surface.

– Voici le répugnable schnockombre, s'exclama le BGG en le brandissant devant lui, je le mélipende ! je le vilprise ! je l'exécrabouille ! Mais puisque je refuse d'avaler des hommes de terre, comme les autres géants, je dois passer ma vie à m'empiffrer de ces schnockombres nauséabeurks. Sinon, il ne me resterait bientôt plus que la peau et les mots.

– Vous voulez dire la peau et les *os* ? rectifia Sophie.

– Je sais bien qu'on dit les os, répliqua le BGG, mais comprends donc s'il te plaît que je n'y peux rien si parfois je m'entortille un peu en parlant. J'essaye toujours de faire de mon mieux.

Le Bon Gros Géant eut soudain l'air si malheureux que Sophie en fut toute bouleversée.

– Je suis désolée, dit-elle, je ne voulais pas être désagréable.

– Il n'y a jamais eu d'écoles pour m'apprendre à parler, au pays des géants, dit tristement le BGG.

– Et votre mère, elle n'aurait pas pu vous apprendre ? interrogea Sophie.

– Ma mère ! s'exclama le BGG, mais les géants n'ont pas de mères ! Tu devrais au moins savoir ça.

– Je l'ignorais, confessa Sophie.

– Qui donc a jamais entendu parler d'une femme géant ! s'écria le BGG en faisant tournoyer le schnockombre autour de sa tête comme un lasso. Jamais il n'y a eu de femme géant ! Et il n'y en aura jamais ! Les géants sont toujours des hommes !

Sophie se sentit quelque peu déconcertée.

– Dans ce cas, dit-elle, comment êtes-vous né ?

– Les géants ne naissent pas, répondit le BGG, les géants apparaissent, et c'est tout. Ils apparaissent, tout simplement, comme le soleil et les étoiles.

– Et quand donc êtes-vous apparu ? demanda Sophie.

– Comment diable veux-tu que je le sache ? répliqua le BGG.

Il y a si longtemps de cela que je suis bien incapable de faire le compte.

– Vous voulez dire que vous ne savez même pas quel âge vous avez ?

– Aucun géant ne le sait, assura le BGG. Tout ce que je sais de moi, c'est que je suis très vieux, très vieux et tout ridé. Je suis peut-être bien aussi vieux que la terre elle-même.

– Qu'arrive-t-il, quand un géant meurt ? interrogea Sophie.

– Les géants ne meurent jamais, répondit le BGG, il arrive parfois qu'un géant disparaisse, tout à coup, et personne ne sait jamais où il est allé. Mais la plupart d'entre nous continuent de vivre sans s'arrêter, comme des croqueurs de temps, jamais repus.

Le BGG tenait toujours l'impressionnant schnockombre dans sa main droite ; il en porta l'extrémité à sa bouche et en arracha un énorme morceau avec ses dents. Il entreprit de le mâcher et on aurait dit en l'entendant qu'il mastiquait des morceaux de glace.

– C'est dégoûtant, marmonna-t-il.

Il avait parlé la bouche pleine en postillonnant de gros morceaux de schnockombre qui arrivaient sur Sophie comme des boulets de canon. La fillette sautait en tous sens à la surface de la table en se baissant pour éviter les projectiles.

– C'est répugnable ! gargouilla le BGG. C'est à tomber malade ! C'est putréfiant ! C'est bon pour les asticots ! Essaye donc toi-même, goûtes-en de cet horrible schnockombre !

– Non, merci, dit Sophie en se reculant.

– C'est tout ce que tu pourras avaler désormais, alors tu ferais aussi bien de t'y habituer, conseilla le BGG. Allez, sacré petit bigorneau, mange !

Sophie mordilla le schnockombre.

– Aaaaaeuuuuuurgh, balbutia-t-elle, oh non, oh pas ça, au secours !

Elle recracha aussitôt ce qu'elle avait dans la bouche.

– On dirait de la peau de grenouille, haleta-t-elle, avec un arrière-goût de poisson pourri !

– C'est bien pire que ça, s'exclama le BGG en rugissant d'un rire sonore, pour moi, ça a un goût de ver de vase et de cancrelat !

– Est-ce qu'il faut vraiment que nous mangions cela ? s'inquiéta Sophie.

– Oui, à moins que tu ne veuilles devenir si maigre que tu te transformeras en un simple coude en l'air.

– Un simple courant d'air, rectifia Sophie. Un coude en l'air, c'est quelque chose de très différent.

De nouveau, la même expression de tristesse attendrissante passa dans le regard du BGG.

– Ah, les mots… soupira-t-il, ils m'ont toujours tellement tracassé avec mes tics tout à trac ! Il faut simplement que tu essayes d'être patiente avec moi et que tu cesses de chicaner. Je te l'ai déjà dit, je sais très bien quels sont les mots que je veux prononcer, mais d'une manière ou d'une autre, ils finissent toujours par s'entortillembrouiller quelque part.

– Cela arrive à tout le monde, fit remarquer Sophie.

– Pas autant qu'à moi, dit le BGG, je parle un horrible baragouinage.

– Eh bien moi, je pense que vous parlez magnifiquement, assura Sophie.

– Vraiment ? s'exclama le BGG, le visage soudain illuminé. Tu trouves vraiment ?

– C'est tout simplement magnifique, répéta Sophie.

– Alors ça, c'est le plus beau cadeau qu'on m'ait jamais fait de toute ma vie ! s'écria le BGG. Tu es bien sûre que tu n'es pas en train de m'entortiller ?

– Certainement pas, répondit Sophie, j'adore la façon dont vous parlez.

– Ça, c'est fantastoc ! s'exclama le BGG, toujours rayonnant, c'est milborolant ! Absolument faramidable ! J'en suis tout bègue !

– Écoutez-moi, coupa Sophie, nous ne sommes pas obligés de manger du schnockombre. Tout autour du village où j'habite, il y a des champs où poussent de délicieux légumes, des choux-fleurs ou des carottes, par exemple. Pourquoi n'iriez-vous pas en arracher quelques-uns la prochaine fois que vous irez là-bas ?

Le BGG redressa alors fièrement la tête.

– Moi, c'est un géant honorable, déclara-t-il, j'aime encore mieux mâchonner du putréfiant schnockombre que de voler quelque chose aux gens.

– Vous m'avez bien volée, *moi*, fit observer Sophie.

– Oh, je ne t'ai pas beaucoup volée, répliqua le BGG avec un doux sourire, après tout, tu n'es qu'une toute petite fille.

LE BUVEUR DE SANG

Soudain, un martèlement terrifiant retentit à l'entrée de la caverne et une voix de tonnerre se mit à rugir.

– Hé, le nabot ! Tu es là ? Je t'entends bavasser ! Avec qui bavasses-tu, nabot ?

– Attention ! s'écria le BGG, c'est le Buveur de sang !

Mais avant qu'il eût terminé sa phrase, la pierre qui fermait l'accès à la caverne roula de côté et un géant de quinze mètres, deux fois plus grand et plus large que le BGG, entra à grands pas. Il n'avait pour seul vêtement qu'un petit morceau de tissu sale, noué autour de la taille.

Sophie se trouvait toujours sur la table, à côté de l'énorme schnockombre déjà entamé, et elle se cacha derrière.

La créature s'avança dans la caverne d'un pas lourd et s'arrêta devant le BGG qu'elle dominait de toute sa hauteur.

– Avec qui bavassais-tu, à l'instant ? gronda le géant.

– Je bavassais tout seul, répondit le BGG.

– Calemboles ! s'exclama le Buveur de sang. Faribredaines ! rugit-il. Tu parlais avec un homme de terre, voilà mon idée !

– Oh non, non ! s'écria le BGG.

– Oh ouais, ouais ! tonna le Buveur de sang, je me dis que tu as dû attraper un homme de terre et que tu l'as rapporté dans ton trou à rat pour t'en faire un copain ! Alors, moi, je m'en vais te me l'extirper de là et me le gober en amuse-gueule avant d'aller souper !

Le malheureux BGG se sentait de plus en plus mal à l'aise.

– Il... il n'y a personne, ici, balbutia-t-il. Pour... pourquoi ne me laisses-tu pas tranquille ?

Le Buveur de sang pointa vers le BGG un index de la taille d'un tronc d'arbre.

– Espèce de petite épluchure d'avorton ratatiné ! gronda-t-il. Minuscule rogaton poitrinaire ! Rognure de cul-de-bouteille ! Fiente de myrmidon rabougri ! Je m'en vais maintenant fouiller dans les pâquerettes, poursuivit-il en saisissant le BGG par le bras, et tu vas m'aider. On va tous les deux dénicher ce délicieux petit homme de terre !

Le BGG avait eu l'intention d'escamoter Sophie, en l'attrapant à la première occasion, pour la cacher derrière son dos, mais il n'avait plus aucun espoir, à présent, d'y parvenir. Sophie jeta un coup d'œil, dissimulée derrière l'extrémité mâchonnée de l'énorme schnockombre et observa les deux géants qui se dirigeaient vers le fond de la caverne. La vision qu'elle eut du Buveur de sang était terrifiante. Sa peau avait une couleur rouge rosé. Sa poitrine, ses bras et son ventre étaient envahis de touffes de poil noir. Il avait les cheveux longs, noirs, et broussailleux. Son visage répugnant était tout rond et flasque ; ses yeux semblaient deux minuscules trous noirs ; le nez était court mais sa bouche était énorme. Elle barrait son visage d'une oreille à l'autre et ses lèvres ressemblaient à deux gigantesques saucisses rougeâtres posées l'une sur l'autre. Des dents jaunes et tranchantes dépassaient d'entre ses deux lèvres de saucisses rouges et des flots de bave lui coulaient sur le menton. On n'avait aucun mal à croire que cette épouvantable brute se nourrissait, chaque nuit, d'hommes, de femmes et d'enfants. Le Buveur de sang, tenant toujours le BGG par le bras, examinait les rangées de bocaux sur les étagères.

– Toi et tes maudites bouteilles ! s'exclama-t-il. Qu'est-ce que tu peux bien mettre là-dedans ?

– Rien qui puisse t'intéresser, répliqua le BGG, toi, la seule chose qui t'intéresse, c'est de t'empiffrer d'hommes de terre.

– Tu n'es qu'un vieux corniaud cinglé ! s'écria le Buveur de sang.

« Bientôt, cette brute va revenir, pensa Sophie, et regarder ce qu'il y a sur la table. » Il lui était impossible, cependant, de s'échapper en sautant à terre. Elle se serait cassé une jambe. Et le schnockombre, tout grand qu'il fût, ne pourrait plus la cacher si le Buveur de sang se mêlait de vouloir le prendre. Elle examina l'extrémité mâchonnée du légume. Il y avait de gros pépins au milieu, chacun de la taille d'un melon. Ils étaient nichés dans une matière molle et gluante. En prenant soin de rester hors de vue, Sophie s'avança et arracha une demi-douzaine de ces pépins, ménageant ainsi au milieu du schnockombre un espace suffisant pour qu'elle pût s'y blottir en se roulant en boule. Elle se glissa dans cette cachette humide et visqueuse en pensant que c'était un moindre mal, comparé à la perspective d'être dévorée par le géant.

Le Buveur de sang et le BGG revenaient à présent vers la table. Le BGG se sentait presque défaillir sous l'effet de la frayeur. À tout moment, Sophie pouvait être découverte et aussitôt avalée. Or, soudain, le Buveur de sang saisit le schnockombre. Le BGG contempla alors la table vide.

« Où es-tu ? pensa-t-il et il était au désespoir. Tu n'as pas pu sauter de cette table, elle est trop haute. Où te caches-tu donc, Sophie ? »

– Alors, c'est ça, la putréfiante et dégoûtable mangeaille que tu avales ? gronda le Buveur de Sang en tenant devant lui le schnockombre mâchonné. Tu dois être complètement maboul pour ingurgiter une pareille courge molle !

Pendant un instant, le Buveur de sang parut oublier qu'il était parti à la recherche de Sophie. Le BGG en profita pour le lui faire oublier encore un peu plus.

– Ceci, dit-il, c'est le délexquisavouricieux schnockombre ! Je m'en empiffre nuit et jour avec le plus grand plaisir. Tu n'as donc jamais essayé de manger du schnockombre, Buveur de sang ?

– Les hommes de terre sont bien plus savoureux, répliqua celui-ci.

– Tu dis des faniaises, assura le BGG qui se sentit soudain plus brave.

Il pensa que si le Buveur de sang avalait ne serait-ce qu'une seule bouchée du répugnant légume, son goût infect suffirait à lui faire fuir la caverne en hurlant.

– Je te laisse volontiers y goûter, poursuivit le BGG, mais s'il te plaît, lorsque tu te seras rendu compte à quel point c'est exsucculent, ne l'avale pas tout entier. Laisse-m'en une lichette pour mon souper.

De ses petits yeux porcins, le Buveur de sang examina le schnockombre d'un air soupçonneux. Sophie, recroquevillée à l'intérieur du bout déjà mâchonné, se mit à trembler de tout son corps.

– Tu n'es pas en train de m'escroquouiller, au moins ? demanda le Buveur de sang.

– Certainement pas ! s'écria le BGG avec fougue. Prends-en une bouchée et je te garantis que tu ne pourras t'empêcher de crier combien cette petite vermeille est délexquisavouricieuse !

Le BGG voyait la bouche avide du Buveur de sang saliver plus que jamais à la perspective de cette manne inattendue.

– Les légumineuses, c'est très bon pour la santé, poursuivit le BGG, ce n'est pas sain de manger sans cesse des choses viandeuses.

– Juste pour cette fois, j'accepte de goûter ta putréfiante mangeaille, dit le Buveur de sang, mais je te préviens que si c'est immangeable, je te l'écrase sur ta répugnante petite tête.

Alors, le Buveur de sang leva le schnockombre et le long voyage jusqu'à sa bouche commença, à une quinzaine de mètres au-dessus du sol.

Sophie aurait voulu crier « Non, pas ça ! », mais cela ne l'aurait conduite qu'à une mort encore plus certaine. Recroquevillée parmi les pépins gluants, elle se sentit emportée de plus en plus haut. Puis soudain, il y eut un bruit croquant lorsque le Buveur de sang mordit largement l'extrémité du schnockombre. Sophie vit ses dents jaunes se refermer, à quelques centimètres de sa tête. Puis elle se retrouva dans une obscurité totale. Elle était à l'intérieur de sa bouche, à présent. Elle respira une bouffée de son haleine fétide qui sentait la viande avariée. Elle attendit alors que ses dents croquent de nouveau en priant le ciel que sa mort soit rapide.

– Aaaaaaaeuuuuuuuâââââââââârk !!! rugit le Buveur de sang. Aaapouuuuhhhh ! Spouuuuuââââââââshhhhh !

Puis il recracha tout ce qu'il avait dans la bouche. Les gros morceaux de schnockombre, tout comme Sophie elle-même, furent projetés à travers la caverne.

Si Sophie avait heurté le mur, elle aurait certainement été tuée sur le coup. Mais elle vint se jeter dans les plis mous de la cape noire que le BGG avait pendue là. Elle glissa jusqu'au sol, à moitié assommée, puis elle rampa jusque sous l'ourlet de la cape et s'y tint cachée.

– Espèce de goret bâtard ! gronda le Buveur de sang. Sale mâchouilleur d'épluchures !

Il se précipita sur le BGG et lui abattit sur le crâne ce qui restait de schnockombre. Des morceaux du répugnant légume se répandirent partout dans la caverne.

– Tu n'aimes pas ça ? demanda innocemment le BGG en se frottant la tête.

– Si je n'aime pas ça ? ! hurla le Buveur de sang. Mais c'est ce que j'ai jamais eu de plus dégoûtable sous la dent ! Tu es complètement toc-toqué pour avaler une telle bouffpitance ! Alors que chaque nuit tu pourrais t'en aller galoper, joyeux comme un hamburger, à la recherche de quelques savoureux hommes de terre à croquer !

– C'est mal et méchant de manger des hommes de terre ! affirma le BGG.

– C'est gouleyeux et succuxcellent, protesta le Buveur de sang, et dès ce soir, j'irai galoper en Norvège pour m'empiffrer de quelques omelettes aux hommes de terre. Et tu veux savoir pourquoi j'ai choisi la Norvège ?

– Je ne veux rien savoir du tout, répliqua le BGG d'un air digne.

– J'ai choisi la Norvège, poursuivit le Buveur de sang, parce que j'en ai assez des esquimaux. Il faut manger des choses fraîches avec ce temps de canne à cule, mais pour changer je mangerai à la fois du chaud et du froid, et c'est pour ça que je veux des omelettes norvégiennes fourrées aux hommes de terre.

– C'est horrible, s'indigna le BGG, tu devrais avoir honte.

– Les autres géants disent tous qu'ils vont s'en aller galoper en Angleterre cette nuit, pour y dévorer des écouliers, reprit le Buveur de sang. J'aime beaucoup les écouliers anglais, ils font d'excellents potaches. Ils ont un goût d'encre fraîche et de papier glacé. Il se pourrait bien que je change d'idée et que j'aille en Angleterre avec eux.

– Tu es monstrueux, commenta le BGG.

– Et toi, tu es une insulte au peuple des géants, s'exclama le Buveur de sang. Tu n'es pas fait pour être un géant ! Tu n'es qu'un minablicule petit nabotin ! Un riquiquidicule petit foutriquet ! Un pet-de-nonne à la crème de vent !

L'horrible Buveur de sang quitta alors la caverne à grandes enjambées et le BGG se précipita à l'entrée pour remettre en place la grosse pierre qui barrait le passage.

– Sophie, murmura-t-il, Sophie, où es-tu, Sophie ?

La fillette émergea de sous l'ourlet de la cape noire.

– Je suis là, dit-elle.

Le BGG la ramassa en la tenant tendrement dans la paume de sa main.

– Je suis tellement content de te retrouver tout entière ! dit-il.

– J'étais dans sa bouche, expliqua Sophie.

– Tu étais *où* ? s'exclama le BGG.

Sophie lui raconta ce qui s'était passé.

– Et dire que moi, je l'encourageais à manger le répugnable schnockombre alors que tu étais cachée à l'intérieur, se lamenta le BGG.

– Ce n'était pas très drôle, avoua Sophie.

– Regarde-moi ça, pauvre petite mouflette, te voilà toute couverte de schnockombre et de bave de géant.

Il entreprit alors de la nettoyer du mieux qu'il put.

– À présent, je les déteste plus que jamais, tous ces autres géants ! déclara-t-il. Tu sais ce que je voudrais ?

– Quoi donc ? demanda Sophie.

– Je voudrais trouver le moyen de les faire disparaître, tous autant qu'ils sont.

– Je serais heureuse de vous aider, assura Sophie. Je vais voir si je peux penser à un bon moyen pour y arriver.

FRAMBOUILLE ET CRÉPITAGES

Sophie n'avait pas seulement faim, elle avait également très soif. Si elle avait été à l'orphelinat à cette heure-ci, il y a longtemps qu'elle aurait eu fini son petit déjeuner.

– Vous êtes sûr qu'il n'y a rien d'autre à manger par ici que cet horrible schnockombre puant ? demanda-t-elle.

– Pas même une oreille de bigorneau, répondit le Bon Gros Géant.

– Dans ce cas, est-ce que je pourrais au moins avoir un peu d'eau ?

– De l'eau ? s'étonna le BGG en fronçant fortement les sourcils. Qu'est-ce que c'est que ça, de l'eau ?

– Ça se boit, répondit Sophie. Que buvez-vous donc, vous autres ?

– De la frambouille, répondit le BGG. Tous les géants boivent de la frambouille.

– Est-ce que c'est aussi infect que le schnockombre ? s'inquiéta Sophie.

– Infect ! s'écria le BGG. Ce n'est pas infect le moins du monde, la frambouille, c'est tout mielleux, tout délicieux !

Il se leva de sa chaise et se dirigea vers un autre buffet tout aussi immense que le premier. Il l'ouvrit et en sortit une bouteille en verre qui devait bien mesurer deux mètres de haut. Elle était à demi pleine d'un liquide vert pâle.

– Voici la frambouille ! s'exclama le BGG en brandissant fièrement la bouteille, tout comme si elle eût contenu quelque vin de grand cru. La délexquise pétillante frambouille !

Il secoua la bouteille et le liquide vert se mit à pétiller d'une manière impressionnante.

– Mais regardez ça ! s'écria Sophie. Ça pétille dans le mauvais sens !

Et c'était vrai. Au lieu de remonter et d'éclater à la surface du liquide, les bulles se dirigeaient vers le bas en éclatant au fond de la bouteille.

– Que diable veux-tu dire par « dans le mauvais sens » ? demanda le BGG.

– Dans nos boissons pétillantes, expliqua Sophie, les bulles remontent toujours vers le haut et éclatent à la surface.

– Vers le haut, c'est cela le mauvais sens ! répliqua le BGG. Il ne faut surtout pas que les bulles aillent vers le haut ! C'est l'ânerie la plus faribolesque que j'ai jamais entendue !

– Pourquoi dites-vous cela ? s'étonna Sophie.

– Tu me demandes pourquoi ? s'exclama le BGG en agitant l'énorme bouteille devant lui comme s'il dirigeait un orchestre. Tu prétends vraiment que tu ne sais pas pourquoi c'est une erreur calaminable d'avoir des bulles qui montent au lieu de descendre ?

– Vous avez dit que c'était faribolesque, maintenant, vous dites que c'est calaminable. Est-ce l'un ou l'autre ? demanda poliment Sophie.

– C'est les deux ! s'écria le BGG. C'est une erreur faribolesque *et* calaminable de laisser les bulles aller vers le haut ! Et si tu ne comprends pas pourquoi, c'est que tu n'as pas plus de cervelle qu'un caneton ! Tu as la tête si pleine de bagadaines et de calembretelles que je veux bien être changé en beignet si tu es capable de penser à quoi que ce soit !

– Et pourquoi ne faudrait-il pas que les bulles aillent vers le haut ? interrogea Sophie.

– Je vais te l'expliquer, annonça le BGG, mais dis-moi d'abord comment on appelle la frambouille dans ton pays ?

– On dit généralement du Coca ou du Pepsi, mais il y a beaucoup d'autres marques, répondit Sophie.

– Et toutes les bulles vont vers le haut ?

– Toutes, assura Sophie.

– C'est désastrique ! s'exclama le BGG, des bulles qui montent ! Désastrique et catastropheux !

– Voulez-vous bien me dire pourquoi ? demanda Sophie.

– Si tu m'écoutes attentivement, je vais essayer de t'expliquer, dit le BGG, mais tu as la tête si pleine de jus de punaise que je me demande bien si tu vas comprendre.

– Je ferai de mon mieux, assura Sophie avec patience.

– Alors, voilà : quand on boit ton Coco, comme tu dis, il descend tout droit dans la bedaine. Vrai ou faux ?

– Vrai, approuva Sophie.

– Et les bulles aussi descendent dans la bedaine. Vrai ou faux ?

– C'est encore vrai, dit Sophie.

– Et les bulles pétillent vers le haut ?

– Bien sûr.

– Ce qui signifie, poursuivit le BGG, qu'elles vont hop ! filer jusque dans ta gorge puis sortir par ta bouche et tout va finir par un affreux renvoi roteux.

– C'est souvent vrai, reconnut Sophie, mais un petit rot de temps en temps, ça ne fait pas de mal. C'est même plutôt amusant.

– Roter, c'est dégoûtant, s'indigna le BGG. Nous autres, les géants, nous ne rotons jamais.

– Mais avec votre boisson… comment s'appelle-t-elle, déjà ?

– La frambouille.

– Avec la frambouille, dit Sophie, les bulles que vous avez dans le ventre se dirigent vers le bas et le résultat peut devenir encore plus désagréable.

– Pourquoi désagréable ? demanda le BGG en fronçant les sourcils.

– Mais parce que, poursuivit Sophie en rougissant légèrement, si elles descendent au lieu de monter, elles sortiront par un autre endroit en faisant un bruit encore plus fort et plus malpoli.

– Un crépitage ! s'exclama le BGG avec un sourire rayonnant. Nous autres, les géants, nous crépitons tout le temps ! Le crépitage est un signe de bonheur. C'est une musique pour l'oreille ! Tu ne vas tout de même pas me dire qu'un petit crépitage de temps en temps est interdit chez les hommes de terre ?

– C'est très mal élevé, dit Sophie.

– Mais toi aussi, tu crépites, quelquefois, non ? demanda le BGG.

– Tout le monde crépite, si c'est le mot que vous employez pour ça, répondit Sophie, les rois et les reines crépitent, les présidents, les stars de cinéma et les bébés crépitent. Mais là d'où je viens, ce n'est pas poli d'en parler.

– C'est redoncule ! affirma le BGG. Si tout le monde fait des crépitages, pourquoi ne pas en parler ? On va se prendre une lampée de cette délicieuse frambouille et tu en verras toi-même l'heureux résultat.

Le BGG secoua alors vigoureusement la bouteille. Le liquide vert pâle se mit aussitôt à pétiller et à mousser. Il enleva ensuite le bouchon et avala une impressionnante goulée de frambouille en produisant un long gargouillement.

– C'est savourable ! s'exclama-t-il. J'adore ça !

Pendant quelques instants, le Bon Gros Géant resta immobile et une expression extatique se répandit peu à peu sur son long visage ridé. Puis soudain éclatèrent en rafales les bruits les plus inconvenants et les plus sonores que Sophie eût jamais entendus. Ils se répercutaient sur les murs de la caverne comme des roulements de tonnerre et les bocaux tremblaient sur leurs étagères. Mais, ce qu'il y eut de plus étonnant, ce fut que la force des explosions propulsa littéralement dans les airs l'énorme géant qui s'éleva comme une fusée.

– Youpi ! s'écria-t-il lorsque fut retombé sur le sol. Et voilà ! Je t'ai montré ce que c'est qu'un crépitage.

Sophie ne put s'empêcher d'éclater de rire.

– Prends-en aussi, proposa le BGG en inclinant vers elle le goulot de l'énorme bouteille.

– Vous n'avez pas de verre ? demanda Sophie.

– Non, pas de verre, rien que la bouteille.

Sophie ouvrit la bouche et le BGG pencha doucement la bouteille puis il versa dans sa gorge un peu de la fabuleuse frambouille.

Alors… Oh, mon Dieu, ce fut tellement délicieux ! C'était doux et rafraîchissant, avec un goût de vanille et de crème relevé d'une pointe de framboise. Et les bulles étaient merveilleuses. Sophie les sentait rebondir et éclater partout dans son ventre. C'était une sensation délectable. Il lui semblait que des centaines de personnages microscopiques s'étaient mis à danser la gigue dans son estomac en la chatouillant de leurs orteils. C'était vraiment magnifique.

– C'est magnifique ! s'exclama-t-elle.

– Attends un peu, dit le BGG en remuant les oreilles.

Sophie sentit les bulles descendre de plus en plus bas dans ses entrailles et soudain, l'inévitable se produisit... L'explosion arriva, les trompettes retentirent et, à son tour, elle fit résonner dans la caverne la musique du tonnerre.

– Bravo ! s'écria le BGG en agitant la bouteille. C'est très bien pour une débutante ! Allez, on en prend encore un coup !

VOYAGE AU PAYS DES RÊVES

Lorsque la folle séance de frambouille eut pris fin, Sophie s'installa de nouveau sur le plateau de l'immense table.

– Tu te sens mieux, à présent ? demanda le Bon Gros Géant.

– Beaucoup mieux, merci, répondit Sophie.

– Chaque fois que je me sens un peu mélancoleux, dit le BGG, j'avale quelques goulées de frambouille et je redeviens tout folichon.

– Je dois dire que c'est une drôle d'expérience, reconnut Sophie.

– Une vraie désopilade ! assura le BGG. C'est tout simplement miraculeux !

Il se retourna alors et marcha à grands pas vers le coin de la caverne où était posé son filet à attraper les rêves.

– Et maintenant, annonça-t-il, je m'en vais attraper quelques rêves tourbivoletants pour ajouter à ma collection. Je le fais chaque jour sans exception. Tu veux venir avec moi ?

– Oh non, merci beaucoup, répondit Sophie, pas avec ces autres géants qui attendent dehors !

– Je vais te pelotonner bien confortablement dans la poche de mon gilet, proposa le BGG, et personne ne te verra.

Avant que Sophie ait eu le temps de protester, il la souleva de la table et la blottit au fond de la poche de son gilet. L'endroit était vaste.

– Tu veux que je fasse un petit trou pour que tu puisses regarder dehors ? demanda le BGG.

– Il y en a déjà un, répondit Sophie.

Elle avait en effet repéré un petit trou dans la poche et lorsqu'elle y collait son œil, elle voyait très bien ce qui se passait à l'extérieur. Elle regarda ainsi le BGG remplir sa valise de bocaux vides. Il referma le couvercle, prit la valise d'une main, la longue perche avec le filet de l'autre, et se dirigea vers l'entrée de la caverne.

Dès qu'il fut dehors, le BGG traversa la grande terre jaunâtre, torride et désolée, où s'étendaient les roches bleues parsemées d'arbres morts et où surtout rôdaient les autres géants.

Sophie, accroupie sur les talons dans la poche du gilet de cuir, gardait l'œil collé au petit trou. Elle vit, à environ trois cents mètres devant elle, le groupe des monstrueux géants.

– Retiens tes poumons, murmura le BGG, croise tes bouts de doigts et hop ! on y va ! On va passer à côté de tous ces géants. Tu vois l'énorme, là, celui qui est le plus près de nous ?

– Oh oui ! je le vois, chuchota Sophie en frissonnant.

– C'est le plus horrible de tous. Et le plus grand. On l'appelle l'Avaleur de chair fraîche.

– Je ne veux rien savoir de plus, dit Sophie.

– Il mesure seize mètres, poursuivit le BGG qui marchait au pas de course, et il avale deux ou trois hommes de terre à la fois, comme si c'étaient des morceaux de sucre.

– Vous me faites peur, gémit Sophie.

– Moi aussi, j'ai peur, murmura le BGG. À chaque fois que je vois l'Avaleur de chair fraîche se promener dans les environs, je suis plus nerveux qu'une étincelle.

– Restez loin de lui, supplia Sophie.

– Impossible, répondit le BGG, il galope au moins deux fois plus vite que moi.

– On ferait peut-être bien de s'en retourner, proposa Sophie.

– Ce serait pire, assura le BGG, s'ils me voient m'enfuir, ils vont me poursuivre et me lancer des pierres.

– Ils ne vous mangeraient tout de même pas, non ? s'inquiéta Sophie.

– Les géants ne se mangent jamais entre eux, affirma le BGG. Ils se battent et s'enquerellent souvent mais jamais ils ne se mangent. Ils aiment bien mieux les hommes de terre.

Les géants avaient déjà repéré le BGG et toutes les têtes se tournèrent vers lui alors qu'il poursuivait sa course, en ayant l'intention de passer à droite du groupe.

À travers son petit judas, Sophie put voir l'Avaleur de chair fraîche s'avancer pour leur couper la route. Il ne se pressa même pas. Il se contenta, en quelques enjambées nonchalantes, de se placer à un endroit où le BGG allait devoir passer. Les autres géants le suivirent. Sophie en compta neuf en tout et elle reconnut parmi eux le Buveur de sang. Visiblement, ils s'ennuyaient. Ils n'avaient rien à faire jusqu'à la tombée du jour. À grands pas, l'air plus menaçant que jamais, ils traversèrent lentement la plaine en direction du BGG.

– Tiens, mais c'est l'avorton qui s'amène ! rugit l'Avaleur de chair fraîche. Holà, l'avorton, où est-ce que tu te carapatailles comme ça en filant si sec ?

Il tendit alors un bras immense et saisit le BGG par les cheveux. Le Bon Gros Géant ne chercha pas à résister. Il se contenta de s'arrêter et de rester immobile.

– Voudrais-tu bien me lâcher les cheveux, Avaleur de chair fraîche ? demanda-t-il.

L'Avaleur de chair fraîche le relâcha et fit un pas en arrière.

Les autres géants s'étaient rassemblés en cercle, en attendant que commence le divertissement.

– Maintenant écoute-moi, petite rognonnure, gronda l'Avaleur de chair fraîche, on veut tous savoir où tu t'en vas galoper en plein jour. Personne ici ne devrait s'en aller avant la nuit tombée. Les hommes de terre pourraient bien te repérer et lancer une chasse au géant. Et nous, on ne veut pas de ça, pas vrai, vous autres ?

– C'est vrai, on n'en veut pas ! s'écrièrent les autres géants. Retourne donc dans ta caverne, l'avorton !

– Je ne vais pas chez les hommes de terre, répliqua le BGG, je vais quelque part ailleurs.

– Eh bien moi, reprit l'Avaleur de chair fraîche, j'ai bien l'impression que tu vas attraper des hommes de terre en douce pour t'en faire des copains !

– Ça, t'as raison ! s'exclama le Buveur de sang. Pas plus tard que tout à l'heure, je l'ai entendu bavardouiller avec l'un d'eux dans sa caverne.

– Vous n'avez qu'à fouiller ma caverne de front en congre, proposa le BGG, vous pouvez aller fouiner dans tous les cloins et sous tous les angues, il n'y a ni homme de terre, ni homme rainette, ni homme d'api, ni homme vapeur, ni rien d'autre.

Sophie était recroquevillée, immobile, comme une petite souris, à l'intérieur de la poche du BGG. Elle osait à peine respirer et elle était terrifiée à l'idée qu'elle pût avoir envie d'éternuer. Le moindre son, le moindre mouvement la trahirait. À travers le minuscule trou, elle observa les géants rassemblés autour du malheureux BGG. Ils étaient si repoussants ! Tous avaient des petits yeux porcins et d'énormes bouches. Tandis que parlait l'Avaleur de chair fraîche, elle put apercevoir sa langue pendant un instant. Elle était d'un noir de jais et on eût dit un gros morceau de viande. Chacun des géants était deux fois plus grand que le BGG et même davantage.

Tout à coup, l'Avaleur de chair fraîche tendit deux mains immenses et enserra la taille du BGG. Puis il le souleva et le lança en l'air en criant :

– Attrape-le, Étouffe-Chrétien !

L'Étouffe-Chrétien le rattrapa au vol et les autres géants se disposèrent aussitôt en cercle, à une vingtaine de mètres les uns des autres, pour se préparer au jeu.

L'Étouffe-Chrétien lança alors le BGG haut et loin en hurlant :

– Attrape-le, Croqueur d'os !

Le Croqueur d'os se précipita en avant, rattrapa le BGG qui tombait vers lui, et le relança aussitôt en criant :

– Attrape-le, Mâcheur d'enfants !

Et le jeu continua ainsi. Les géants se passaient le BGG comme un ballon, rivalisant les uns avec les autres pour voir qui le lancerait le plus haut. Quant à Sophie, elle s'agrippait aux parois de la poche en enfonçant ses ongles dans le tissu, pour s'efforcer de ne pas tomber au-dehors, quand elle se retrouvait la tête en bas. Elle avait l'impression d'être enfermée dans un tonneau qui aurait descendu les chutes du Niagara. Sans compter – et ce n'était pas le moindre danger – que le BGG pouvait s'écraser sur le sol à tout moment si l'un des géants le ratait.

– Attrape-le, Empiffreur de viande !

– Attrape-le, Gobeur de gésiers !

– Attrape-le, Écrabouilleur de donzelles !

– Attrape-le, Buveur de sang !

– Attrape-le ! Attrape-le ! Attrape-le !

Ils finirent cependant par se lasser de leur jeu et abandonnèrent sur le sol le pauvre BGG tout rompu et tout étourdi.

Les géants le gratifièrent de quelques coups de pied, puis ils lui lancèrent :

– Et maintenant, cours, petit avorton ! Montre-nous comment tu sais galoper !

Le BGG se mit alors à courir. Que pouvait-il faire d'autre ? Les géants, pendant ce temps, ramassèrent des morceaux de roc qu'ils jetèrent sur lui. Le BGG parvint cependant à les éviter.

– Petit nabot minable ! lui crièrent-ils. Petit rogaton gâteux ! Petite crevette crevarde ! Petit freluquet frelaté ! Petit avorton avarié ! Petite larve torve !

Le BGG parvint enfin à s'éloigner d'eux et bientôt le groupe

des géants fut hors de vue. Sophie en profita pour passer la tête hors de la poche.

– Je n'ai pas du tout aimé ça, dit-elle.

– Pfouh ! s'exclama le BGG. Envers et carnation ! Ils avaient de fichues sautes d'humeur aujourd'hui, pas vrai ? Je suis désolé de t'avoir fait subir tout ce tourbillonnage.

– Ça ne devait pas être plus drôle pour vous, répondit Sophie. Croyez-vous qu'ils pourraient vous faire vraiment mal ?

– Je n'ai pas confiance en eux, répondit le BGG.

– Comment font-ils pour attraper les êtres humains qu'ils dévorent ? demanda Sophie.

– Habituellement, ils passent simplement un bras par la fenêtre de la chambre à coucher et ils cueillent les hommes de terre dans leur lit, expliqua le BGG.

– C'est ce que vous avez fait avec moi, fit remarquer Sophie.

– Oui, mais je ne t'ai pas mangée !

– Est-ce qu'ils emploient d'autres moyens ?

– Quelquefois, répondit le BGG, il y en a qui surgissent de la mer comme des poissons, en sortant simplement la tête ; alors, une grosse main poilue jaillit et attrape quelqu'un sur la plage.

– Même des enfants ?

– Souvent des zenfants, assura le BGG, des petits zenfants qui font des châteaux de sable sur la plage. C'est cela que cherchent les géants nageurs. Un zenfant est moins coriace qu'une vieille grand-mère, c'est ce que dit toujours le Mâcheur d'enfants.

Tandis qu'ils parlaient ainsi, le BGG galopait loin dans la plaine. Sophie, à présent, se tenait toute droite dans la poche du gilet en s'accrochant au bord des deux mains. Elle avait la tête et les épaules dehors et le vent soufflait dans ses cheveux.

– Dites-moi les autres moyens qu'ils utilisent pour attraper les gens, insista Sophie.

– Oh, chacun a sa méthode pour attraper les hommes de terre, répondit le BGG, l'Empiffreur de viande, lui, fait semblant d'être un grand arbre et se cache dans les parcs. Il reste planté là, quand le jour tombe, en tenant de grosses branches au-dessus de sa tête et il attend qu'une famille insouciante vienne pique-niquer sous son feuillage. L'Empiffreur de viande les regarde étaler leur pique-nique, mais finalement, c'est lui qui s'offre un bon repas.

– C'est affreux, s'écria Sophie.

– Le Gobeur de gésiers aime les villes, poursuivit le géant. Il se cache parmi les toits des maisons en s'allongeant là, bien pelotonné comme un polochon, et il observe les hommes de terre qui marchent dans la rue, au-dessous de lui. Alors, quand il en voit un qui a l'air bien succulable, il l'attrape. Il tend simplement le bras et il le cueille dans la rue, comme un singe cueille une noisette. Il dit que c'est très agréable de choisir ainsi ce que l'on veut manger pour son souper. Il dit que pour lui, la rue est comme un menu.

– Et les gens ne le voient pas faire ? s'étonna Sophie.

– Personne, assura le BGG. N'oublie pas que c'est à l'heure où la nuit est tombée. Et de plus, le Gobeur de gésiers est très rapide. Son bras monte et descend plus vite que la musique.

– Mais si tous ces gens disparaissent chaque nuit, il doit y avoir des plaintes, fit observer Sophie.

– Le monde est grand, répondit le BGG, il existe des centaines de pays et les géants sont malins. Ils font attention de ne pas se carapartir trop souvent dans le même pays. Ils rôdent et maraudent en changeant tout le temps d'endroit.

– Mais même… commença Sophie.

– N'oublie pas, l'interrompit le BGG, qu'il y a des hommes de terre qui disparaissent tout le temps et partout, même sans que les géants les avalent. Les hommes de terre s'entretuent beaucoup plus vite que les géants ne les dévorent.

– Mais les gens ne se *mangent* pas les uns les autres, fit observer Sophie.

– Les géants non plus ne se mangent pas entre eux, répliqua le BGG, et en plus, les géants ne se *tuent* pas les uns les autres. Les géants ne sont pas très agréables à fréquenter, mais ils ne s'entretuent pas. De même, les croque-l'Odile ne tuent pas d'autres croque-l'Odile. Et les chats ne tuent pas d'autres chats.

– Ils tuent des souris, fit remarquer Sophie.

– Oui, mais ils ne tuent pas leurs congénères. L'homme de terre est le seul être qui tue son semblable.

– Et les serpents venimeux, ils ne se tuent pas entre eux ?

interrogea Sophie en cherchant désespérément dans sa tête le nom d'une autre créature qui se conduirait aussi mal que l'homme.

– Même les serpents vermineux ne s'entretuent pas, assura le BGG, ni même les animaux les plus redoutables, comme les tigres ou les rhinosses et les rosses. Aucun d'entre eux ne tue son semblable. Avais-tu jamais pensé à ça ?

Sophie resta silencieuse.

– Je n'arrive pas à comprendre les hommes de terre, reprit le BGG. Toi, par exemple, tu fais partie des hommes de terre et tu dis que les géants sont abomineux et monstruables parce qu'ils mangent des gens. Vrai ou faux ?

– Vrai, approuva Sophie.

– Mais les hommes de terre, eux, s'étripaillent sans cesse, poursuivit le BGG, ils se tirent dessus avec des fusils et ils montent dans des aéropalmes pour lancer des bombes sur la tête des autres. Et ils font ça chaque semaine. Les hommes de terre tuent sans arrêt d'autres hommes de terre.

Il avait raison. C'était bien évident qu'il avait raison et Sophie le savait. Et elle en arrivait à se demander si, après tout, les humains étaient vraiment meilleurs que les géants.

– Il n'empêche, dit-elle, en essayant malgré tout de défendre ses semblables, il n'empêche que c'est affreux tous ces ignobles géants qui s'en vont chaque nuit manger des gens. Les humains ne leur ont jamais fait de mal.

– C'est ce que se dit chaque jour le petit porcelet, fit observer le BGG. Le petit porcelet se dit : je n'ai jamais fait de mal aux hommes de terre, alors, pourquoi veulent-ils me manger ?

– Sans doute… reconnut Sophie.

– Les hommes de terre inventent des règles qui leur conviennent, poursuivit le BGG, mais leurs règles ne conviennent pas aux petits porcelets. Vrai ou faux ?

– C'est vrai, admit Sophie.

– Les géants aussi inventent des règles et leurs règles ne conviennent pas aux hommes de terre. Chacun invente les règles qui lui conviennent le mieux.

– Mais vous, cela ne vous plaît pas que ces brutes de géants mangent chaque nuit des êtres humains, n'est-ce pas ? demanda Sophie.

– Non, cela ne me plaît pas, répondit fermement le BGG, ce n'est pas parce qu'on a un peu raison qu'on n'a jamais tort. Est-ce que tu es bien installée, dans ma poche ?

– Je suis très bien, assura Sophie.

Alors, tout à coup, le BGG reprit son allure magique : il se mit à avancer en faisant des bonds phénoménaux et il atteignit une vitesse incroyable. Le paysage se brouilla et Sophie dut se baisser pour éviter que le vent, qui sifflait à ses oreilles, ne lui arrache la tête des épaules. Elle s'accroupit et écouta hurler le vent. Il se glissait par le minuscule petit trou de la poche et y soufflait comme un ouragan. Mais cette fois, le BGG ne conserva pas longtemps sa quatrième vitesse. Il semblait qu'il avait eu à franchir quelque obstacle, peut-être une haute montagne, un océan ou un vaste désert, et une fois qu'il fut passé de l'autre côté, il ralentit de nouveau et reprit son galop habituel. Sophie put alors ressortir sa tête et regarder le paysage. Elle remarqua aussitôt qu'ils se trouvaient à présent dans un endroit aux couleurs beaucoup plus pâles. Le soleil avait disparu dans une brume de vapeur et l'air se rafraîchissait de minute en minute. Une terre plate et sans arbres s'étendait devant eux et il semblait qu'elle fût dénuée de couleurs.

La brume devenait de plus en plus épaisse, l'air encore plus froid, et tout se mit à pâlir davantage pour ne plus laisser bientôt qu'un mélange de gris et de blanc. Ils se trouvaient dans un pays de brumes tourbillonnantes et de vapeurs fantomatiques.

On distinguait une sorte d'herbe sur le sol mais elle n'était pas verte. D'un gris de cendre, plutôt. Il n'y avait pas le moindre signe de vie, ni le moindre son, à part le bruit étouffé des pas du BGG qui courait dans le brouillard.

Il s'arrêta soudain.

– Nous y voilà ! annonça-t-il.

Il se pencha en avant, ôta Sophie de sa poche et la déposa à terre. Elle n'était toujours vêtue que de sa chemise de nuit et elle avait les pieds nus. Elle frissonna et contempla autour d'elle les brumes tourbillonnantes et les vapeurs fantomatiques.

– Où sommes-nous ? demanda Sophie.

– Au pays des rêves, répondit le BGG. C'est ici que naissent tous les rêves.

À LA CHASSE AUX RÊVES

Le Bon Gros Géant posa sa valise sur le sol et se pencha si bas que son visage énorme se trouva tout près de Sophie.

– À partir de maintenant, prévint le BGG, il va falloir se tenir aussi tranquille qu'une toute petite souris.

Sophie hocha la tête en signe d'approbation. La vapeur brumeuse tourbillonnait autour d'elle, elle avait les joues humides et des gouttes de rosée dans les cheveux.

Le BGG ouvrit la valise et en retira des bocaux vides, puis il les disposa sur le sol après en avoir dévissé les couvercles. Il se releva ensuite et se tint bien droit. Sa tête était loin, là-haut, dans la brume tourbillonnante apparaissant et disparaissant tour à tour. Dans sa main droite, il tenait le long filet à attraper les rêves.

Sophie leva son regard et l'observa : elle aperçut dans la brume ses immenses oreilles qui s'écartaient lentement de sa tête. Peu à peu, elles se mirent à remuer doucement d'avant en arrière.

Puis soudain, le BGG fit un bond. Il sauta en l'air et balança le filet dans la brume avec un grand mouvement de son bras qui produisit un sifflement.

– Je l'ai eu ! s'écria-t-il. Vite ! vite, un bocal ! un bocal !

Sophie ramassa l'un des bocaux et le lui tendit. Le BGG l'attrapa, abaissa son filet puis, avec d'infinies précautions, fit tomber du filet dans le bocal quelque chose d'absolument invisible. Il lâcha ensuite le filet et plaqua rapidement une main sur l'ouverture du bocal.

– Le couvercle ! murmura-t-il.

Sophie le lui donna. Le BGG le vissa soigneusement, fermant ainsi le bocal. Tout surexcité, il le tint contre son oreille et écouta attentivement.

– C'est un crochetoutcœur, murmura-t-il avec enthousiasme, c'est… c'est… c'est même mieux que ça ! C'est une bouille de gnome, une bouille de gnome dorée !

Sophie le contemplait avec curiosité.

– Oh, mon Dieu, mon Dieu, lança-t-il en tenant le bocal devant lui, voilà qui va donner une nuit de bonheur à un petit mouflet, lorsque je l'aurai soufflé.

– C'est un beau rêve ? demanda Sophie.

– Un beau rêve ? s'exclama le BGG, mais c'est mieux que ça : c'est une bouille de gnome dorée. Ce n'est pas souvent que j'en attrape des comme ça ! Et maintenant tiens-toi plus tranquille qu'une étoile de mer, dit-il en tendant le bocal à Sophie. Il se pourrait bien qu'il y ait tout un essaim de bouilles de gnome, aujourd'hui. Et s'il te plaît, arrête de respirer. Tu fais un bruit de tous les diables, là, en bas !

– Je n'ai pas même remué un cil, protesta Sophie.

– Eh bien ! continue, répliqua sèchement le BGG.

Une nouvelle fois, il se redressa dans la brume en se tenant prêt, son filet à la main. Il y eut un long silence, il attendait, écoutait, puis, avec une rapidité surprenante, fit encore un bond et le filet siffla à nouveau dans l'air.

– Un autre bocal ! s'écria-t-il. Vite, vite, vite !

Lorsque le deuxième rêve fut prisonnier du bocal et le couvercle bien vissé, le BGG l'approcha de son oreille.

– Oh non ! s'exclama-t-il alors. Oh, que le grand asticot m'asticote ! Oh, que l'escogriffe m'agrafe !

– Que se passe-t-il ? demanda Sophie.

– C'est un troglopompe ! s'écria-t-il d'une voix pleine de fureur et d'angoisse. Oh, mon Dieu ! Misère discorde ! Délivreznous du râle ! C'est la polka du diable !

– De quoi parlez-vous ? s'étonna Sophie, tandis que le BGG semblait plus désemparé à chaque instant.

– Oh, c'est à s'en casser l'os de l'œil ! se lamenta-t-il en brandissant le bocal. Je fais tout ce chemin pour attraper de doux rêves dorés et voilà ce que je récolte.

– Et qu'est-ce que vous avez récolté ?

– Un épouvantable troglopompe ! s'exclama-t-il. C'est un très très mauvais rêve ! C'est pire qu'un mauvais rêve ! C'est un cauchemar !

– Oh, mon Dieu, dit Sophie, et qu'allez-vous en faire ?

– Je ne vais sûrement pas le laisser s'échapper ! s'écria le BGG. Sinon il irait cailler le sang d'un pauvre petit mouflet ! Celui-ci est un effroyable crapahuteux ! Je vais le détruire dès que nous serons rentrés !

– C'est affreux les cauchemars, dit Sophie. J'en ai eu un une fois et je me suis réveillée tout en sueur.

– Avec celui-là, tu te serais réveillée tout en peur ! assura le BGG. Il t'aurait fait bondir les dents hors des gencives. Si ce cauchemar-là se mettait dans ta tête, ton sang se changerait en gla-glaçons et ta peau te laisserait tomber pour prendre la fuite !

– C'est à ce point-là ?

– C'est même pire ! s'exclama le BGG. C'est un épouvantable boufrayeur !

– Vous avez dit que c'était un troglopompe, lui fit remarquer Sophie.

– C'est un troglopompe, s'exclama le BGG, d'un air exaspéré, mais c'est aussi un crapahuteux et un boufrayeur ! C'est tous les trois ramassés en un seul ! Oh, je suis si content de l'avoir enfermé. Ah, ah ! misérable horreur ! s'écria-t-il en tenant le bocal devant lui et en regardant à l'intérieur, tu n'iras plus jamais tracarabuster de pauvres petits marmouillons d'hommes de terre !

Sophie, elle aussi, regardait à l'intérieur du bocal.

– Je le vois ! cria-t-elle soudain. Il y a quelque chose là-dedans !

– Bien sûr qu'il y a quelque chose, dit le BGG, tu es en train de contempler un effroyable troglopompe.

– Pourtant, vous m'aviez dit que les rêves étaient invisibles.

– Ils sont invisibles jusqu'à ce qu'ils soient prisonniers, lui expliqua le BGG, à ce moment-là, ils perdent un peu de leur invisibilité. Celui-là, on peut le voir très nettement.

Sophie parvenait en effet à distinguer, à l'intérieur du bocal, les contours écarlates de quelque chose qui ressemblait à un mélange de gouttes d'huile et de bulles de gelée. La chose s'agitait violemment en se jetant contre les parois du bocal et en changeant sans cesse de forme.

– Il se tortille dans tous les sens ! s'exclama Sophie. Il essaye de sortir ! Il va se briser en morceaux !

– Plus le rêve est affreux, et plus il est furieux quand il est enfermé, expliqua le BGG, c'est comme avec les animaux sauvages. Si tu mets dans une cage un animal très féroce, il fera un tordu-bohu de tous les diables. Mais si c'est un animal gentil, comme un coqualulla ou un gaillotorynque, par exemple, il restera tranquille. C'est la même chose pour les rêves. Celui-ci, c'est un affreux cauchemar bourbailleux, regarde-le donc s'écraser contre le verre !

– C'est effrayant ! s'exclama Sophie.

– Je n'aimerais vraiment pas qu'il se faufile dans ma tête par une nuit noire, dit le BGG.

– Moi non plus, approuva Sophie.

Le BGG remit les bocaux dans la valise.

– C'est tout ? On s'en va ? demanda Sophie.

– Je suis tellement bouleversé par ce boufrayeur crapahuteux et troglopompiste que je n'ai plus envie de continuer, répondit le BGG. La chasse aux rêves est terminée pour aujourd'hui.

Bientôt, Sophie retrouva sa place dans la poche du gilet et le BGG parcourut le chemin du retour aussi vite que possible. Lorsque, enfin, ils émergèrent de la brume et retrouvèrent la terre jaunâtre, torride et désolée du pays des géants, tous les autres géants étaient vautrés sur le sol, profondément endormis.

UN TROGLOPOMPE POUR L'AVALEUR DE CHAIR FRAÎCHE

– Ils font toujours un petit somme avant d'aller galoper à la chasse aux hommes de terre, expliqua le BGG.

Il s'arrêta un instant pour permettre à Sophie de mieux voir.

– Les géants ne dorment que de temps en temps, dit-il, beaucoup moins que les hommes de terre. Les hommes de terre sont fous de sommeil. Est-ce que tu te rends compte qu'un homme de terre de cinquante ans a passé environ vingt ans de sa vie à dormir profondément ?

– Je dois dire que je n'y avais jamais pensé, avoua Sophie.

– Eh bien, tu devrais y penser, conseilla le BGG, imagine un peu, s'il te plaît. Cet homme de terre qui dit qu'il a cinquante ans a dormi profondément pendant vingt ans et pendant ce temps-là, il ne savait même pas où il était. Il ne faisait rien ! Il ne pensait même pas !

– C'est un drôle de point de vue, dit Sophie.

– Ce que je veux essayer de t'expliquer, c'est qu'un homme de terre qui dit qu'il a cinquante ans n'a pas vraiment cinquante ans, il n'en a que trente.

– Et moi ? demanda Sophie, J'ai huit ans…

– Mais non, tu n'as pas huit ans, assura le BGG. Les bébés et les petits zenfants des hommes de terre passent la moitié de leur temps à dormir ; donc, tu n'as que quatre ans.

– Non, j'en ai huit, protesta Sophie.

– Tu penses que tu as huit ans, reprit le BGG, mais tu n'as passé que quatre ans de ta vie avec tes petits yeux ouverts. Donc, tu n'as que quatre ans et cesse de me contrecarier. Les petites refluquettes dans ton genre ne devraient pas contrecarier un ancien de ma sienne qui a des centaines d'années de plus que toi.

– Et les géants, combien de temps passent-ils à dormir ? interrogea Sophie.

– Oh, ils ne perdent pas beaucoup de temps à roupillonner, répondit le BGG, deux ou trois heures par jour, ça leur suffit.

– Et vous, quand dormez-vous ?

– Oh, je dors encore moins que ça, assura le BGG, je dors une fois et quelques.

Sophie regarda par-dessus le bord de la poche et contempla les neuf géants endormis. Ils semblaient encore plus grotesques ainsi que lorsqu'ils étaient éveillés. Vautrés sur la plaine jaunâtre, ils couvraient une surface de la taille d'un terrain de football. La plupart d'entre eux étaient étendus sur le dos, leurs énormes bouches grandes ouvertes, et ils ronflaient comme des cornes de brume. Le bruit était épouvantable.

Soudain, le BGG fit un bond en l'air.

– Nom d'une grenouille ! s'exclama-t-il. Je viens d'avoir une idée fente à moustiques !

– Laquelle ? demanda Sophie.

– Attends un peu ! s'écria-t-il. Freine des quatre fers, reine des cafetières ! Tu vas voir ce que tu vas voir !

Et aussitôt, il se précipita dans sa caverne, tandis que Sophie s'accrochait fermement au bord de la poche. Il roula la pierre sur le côté et entra, l'air surexcité, en faisant de grands gestes rapides.

– Toi, tu restes dans ma poche, poussinette, dit-il, on va faire un tour de farce tous les deux ensemble !

Il posa sur le sol le filet à attraper les rêves, mais il garda la valise en main. Puis il courut vers le fond de la caverne et attrapa la longue trompette, celle qu'il avait avec lui lorsque Sophie l'avait vu pour la première fois dans la rue du village. La valise dans une main et la trompette dans l'autre, il se précipita alors hors de la caverne.

« Qu'est-ce qu'il est en train de mijoter ? » se demanda Sophie.

– Garde bien la tête hors de la poche, dit-il, et tu seras aux premières loges !

Lorsque le BGG se fut rapproché des géants endormis, il ralentit le pas et se déplaça sans bruit, marchant sur la pointe des pieds en direction des brutes hideuses qui continuaient de ronfler bruyamment. Ils paraissaient vraiment repoussants, répugnants, diaboliques. Le BGG les contourna, marchant toujours sur la pointe des pieds. Il passa à côté du Gobeur de gésiers, du Buveur de sang, de l'Empiffreur de viande, du Mâcheur d'enfants, et s'arrêta enfin lorsqu'il se trouva devant l'Avaleur de chair fraîche. Il le montra du doigt, puis se pencha vers Sophie en lui adressant un clin d'œil appuyé. Il s'agenouilla ensuite sur le sol et ouvrit précautionneusement la valise d'où il retira le bocal dans lequel le terrible et cauchemardesque troglopompe était enfermé.

Sophie devina alors ce qui allait se passer.

« Hou là là, pensa-t-elle, voilà qui pourrait bien devenir dangereux. »

Elle s'accroupit aussitôt dans sa poche en ne montrant que le haut de sa tête et ses yeux. Il fallait se tenir prête à se baisser et disparaître si jamais les choses tournaient mal.

Ils n'étaient plus maintenant qu'à trois mètres du visage de l'Avaleur de chair fraîche. Le ronflement qu'il produisait en dormant était parfaitement indécent. De temps à autre, une grosse bulle de salive se formait entre ses deux lèvres ouvertes, puis éclatait en lui couvrant le visage de bave.

Avec d'infinies précautions, le BGG dévissa le couvercle du bocal et laissa tomber dans le pavillon de sa trompette le troglopompe écarlate qui se tortillait et se trémoussait. Ensuite, le BGG emboucha sa trompette et dirigea l'instrument droit vers le visage de l'Avaleur de chair fraîche. Il prit une profonde inspiration, gonfla les joues puis, « fuouuushhhh » ! il souffla.

Sophie vit un éclair rouge pâle filer vers le visage de l'Avaleur de chair fraîche. Pendant une fraction de seconde, l'éclair voltigea au-dessus de sa tête, puis il disparut. On aurait dit qu'il avait été happé par le nez du géant, mais tout s'était passé si vite que Sophie ne savait pas vraiment.

– À présent, on ferait mieux de s'éplikser et de se mettre à l'abri, murmura le BGG.

Il parcourut une centaine de mètres en petites foulées, puis il s'arrêta et s'accroupit dans l'herbe.

– Et maintenant, dit-il, attendons le feu d'artifice.

Ils n'eurent pas très longtemps à attendre : bientôt, le plus épouvantable rugissement que Sophie eût jamais entendu déchira l'air et elle vit le corps de l'Avaleur de chair fraîche, de toute la longueur de ses quinze mètres, bondir du sol et retomber avec un bruit sourd. Puis le géant se mit à gigoter, à se tortiller et à se convulser de la manière la plus violente. C'était un spectacle effrayant.

– Ouaaaah, rugit l'Avaleur de chair fraîche. Aïïïïïaaaa-youuillllle ! ! !

– Il est toujours endormi, chuchota le BGG, c'est le terrible cauchemar troglopompeux qui commence à agir.

– Bien fait pour lui, dit Sophie.

Elle n'éprouvait pas la moindre compassion pour cette grande brute qui dévorait des enfants comme s'il se fût agi de simples morceaux de sucre.

– Sauvez-moi ! hurla l'Avaleur de chair fraîche en se débattant comme un diable. Il me poursuit ! Il m'attrape !

Au même moment, il agita les bras et les jambes plus violemment encore. C'était terrifiant de voir cette énorme créature secouée d'aussi furieuses convulsions.

– C'est Jack ! vociféra l'Avaleur de chair fraîche. C'est l'épouvanteux, l'amobinable Jack ! Jack m'a eu ! Jack me grille ! Jack me flambe ! Jack me pique ! Jack me larde ! Jack m'écrabouille ! C'est le terrifroyable Jack !

L'Avaleur de chair fraîche se tortillait sur le sol tel un monstrueux serpent qu'on aurait soumis à la torture.

– Oh, épargne-moi, Jack ! hurla-t-il. Ne me fais pas de mal !

– Qui est donc ce Jack ? demanda Sophie dans un murmure.

– Jack est le seul homme de terre que les géants redoutent,

expliqua le BGG, ils sont tous terrifiés par Jack, ils ont tous entendu dire que Jack est un célèbre tueur de géants.

– Oh, sauvez-moi ! cria l'Avaleur de chair fraîche. Jack, aie pitié d'un pauvre petit géant ! Oh ! la tige de haricot ! Il vient vers moi avec sa terrible tige de haricot qui pique et larde ! Non ! Arrière ! Je t'en supplie, Jack ! Je t'en conjure, ne me touche pas avec ta terrible tige de haricot qui pique et larde !

– Nous autres, les géants, chuchota le BGG, nous ne savons pas grand-chose de ce redoutable homme de terre qu'on appelle Jack. On sait simplement que c'est un célèbre tueur de géants et qu'il possède une arme terrible : la tige de haricot. Nous savons qu'il n'y a rien de plus terrifiant que la tige de haricot et que Jack s'en sert pour tuer les géants.

Sophie ne put s'empêcher de sourire.

– Pourquoi tu pouffes ? demanda le BGG quelque peu vexé.

– Je vous le dirai plus tard, répondit Sophie.

L'effroyable cauchemar s'était tellement bien emparé du géant à présent que celui-ci avait le corps complètement noué à force de se tortiller en tous sens.

– Non, ne fais pas ça, Jack ! brailla-t-il. Je ne voulais pas te

manger, Jack ! Je ne mange jamais d'hommes de terre ! Je jure que je n'ai jamais avalé le moindre petit homme de terre de toute ma vie !

– Menteur, chuchota le BGG.

À ce même moment, l'un des bras de l'Avaleur de chair fraîche, battant l'air de tous côtés, vint frapper la bouche de l'Empiffreur de viande qui était toujours profondément endormi. En même temps, l'une de ses jambes agitée de mouvements violents se tendit et son pied heurta brutalement le ventre du Gobeur de gésiers qui ronflait à proximité. Les deux géants meurtris se réveillèrent aussitôt et bondirent sur leurs pieds.

– Il m'a frappé en plein sur la bouche ! s'exclama l'Empiffreur de viande.

– Et moi, il m'a écrabouillé la bedaine ! s'écria le Gobeur de gésiers.

Tous deux se précipitèrent alors sur l'Avaleur de chair fraîche et se mirent à le marteler de coups de pied et de coups de poing. L'infortuné géant s'éveilla en sursaut pour tomber d'un cauchemar dans l'autre. Il se lança aussitôt dans la bagarre avec un rugissement furieux et au cours de la mêlée bruyante et trépignante qui s'ensuivit, tous les autres géants endormis, l'un après l'autre, se firent marcher dessus ou reçurent des coups de pied. Bientôt ils furent debout tous les neuf et se livrèrent à une bataille rangée. Ils échangeaient coups de pied, coups de

poing, coups de tête, et se griffaient ou se mordaient avec la plus grande violence. Le sang coulait à flots, les nez craquaient, les dents tombaient, on entendait des rugissements, des cris et des jurons, et le tumulte de la bagarre retentit d'un bout à l'autre de la plaine aux teintes jaunâtres pendant un bon moment.

Le BGG eut un grand et large sourire qui exprimait toute l'étendue de sa satisfaction.

– J'adore ça, quand ils s'échangent des marraignes et des châtons ! dit-il.

– Ils vont s'entretuer, s'inquiéta Sophie.

– Sûrement pas, assura le BGG, ces brutes sont toujours à se cogner et à s'assommer, mais bientôt, la nuit va tomber et ils s'en iront galoper ailleurs pour se remplir la panse.

– Ils sont ignobles, grossiers et répugnants, déclara Sophie, je les hais !

– Nous avons fait bon usage de ce cauchemar, tu ne trouves pas ? dit le BGG en reprenant le chemin de la caverne.

– Un excellent usage, approuva Sophie, vous avez bien fait.

LES RÊVES

Le Bon Gros Géant était installé à sa table, dans la caverne, et s'était mis à sa besogne.

Sophie, assise en tailleur sur le plateau de la table juste à côté de lui, le regardait travailler.

Le seul beau rêve qu'ils avaient attrapé ce jour-là était enfermé dans son bocal, posé un peu plus loin.

Avec beaucoup de soin et de patience, le BGG, muni d'un énorme crayon, était en train d'écrire quelque chose en lettres d'imprimerie sur un morceau de papier.

– Qu'est-ce que vous écrivez ? demanda Sophie.

– Chaque rêve a sa propre étiquette collée sur son bocal, expliqua-t-il. Sinon comment pourrais-je le retrouver si je suis pressé ?

– Et vous pouvez vraiment dire à coup sûr de quel genre de rêve il s'agit rien qu'en l'écoutant ? interrogea Sophie.

– Bien sûr que je le peux, assura le BGG sans lever les yeux.

– Mais comment faites-vous ? C'est juste la façon dont il bourdonne qui vous le dit ?

– C'est à peu près ça, répondit le BGG, chaque rêve fait sa propre musique vrombironnante, et mes faramidables grandes oreilles peuvent entendre cette musique.

– Par musique, vous voulez dire des airs ?

– Non, je ne veux pas dire des airs.

– Alors, qu'est-ce que vous voulez dire ?

– Les hommes de terre ont leur propre musique, vrai ou faux ?

– Vrai, approuva Sophie, ils ont toutes sortes de musiques.

– Et parfois, les hommes de terre sont en extase quand ils entendent une musique maravilleuse. Ils ont des frissons qui leur descendent tout au long de la Chine, vrai ou faux ?

– Vrai, dit Sophie.

– Donc, la musique leur dit quelque chose, elle leur envoie un message. Je ne crois pas que les hommes de terre sachent ce qu'est véritablement ce message, mais ils l'aiment quand même.

– C'est vrai, admit Sophie.

– Eh bien moi, grâce à mes oreilles mirabulantes, poursuivit le BGG, je ne suis pas seulement capable d'entendre la musique que font les rêves, je suis aussi capable de la comprendre.

– Qu'est-ce que vous voulez dire par la comprendre ? interrogea Sophie.

– Je peux la déchiffrer, assura le BGG, elle me parle, elle est comme un langage.

– Je trouve que c'est un peu difficile à croire, dit Sophie.

– Je parie que tu as également du mal à croire aux farfoulets, continua le BGG, et tu ne crois pas non plus qu'ils viennent des étoiles pour nous voir de temps en temps.

– Bien sûr que je n'y crois pas, trancha Sophie.

Le BGG la regarda gravement de ses yeux immenses.

– J'espère que tu me pardonneras, reprit-il, si je te dis que les hommes de terre se croient très intelligents alors qu'ils ne le sont pas du tout. Ce sont presque tous des pas-grand-chose et des rien-du-tout.

– Je vous demande pardon ? s'indigna Sophie.

– L'ennui, avec les hommes de terre, poursuivit le BGG, c'est qu'ils refusent de croire aux choses qu'ils n'ont pas vues devant leur museau. Bien sûr que les farfoulets existent, j'en rencontre souvent, et même, je bavardouille avec eux.

Ayant ainsi parlé, le BGG se détourna de Sophie d'un air dédaigneux et se remit à écrire. Sophie s'avança pour pouvoir lire ce qu'il avait déjà écrit. Les lettres étaient grandes et grasses, mais pas très bien formées. Voici ce que Sophie lut :

Ce rêve raconte comment je sauve mon praufesseur de la noyade. Je plonge dans la rivière depuis un pont très haut et je ramène mon praufesseur sur la rive puis je lui fais du mouche à mouche…

– Du quoi ? s'étonna Sophie.

Le BGG cessa d'écrire et releva lentement la tête. Ses yeux se fixèrent sur le visage de la fillette.

– Je t'ai déjà dit, expliqua-t-il d'une voix douce, que je n'ai jamais été à l'école. Je suis plein de fautes, mais je n'y peux rien, je fais de mon mieux. Toi-même, tu es une charmante petite fille mais rappelle-toi que tu n'es pas vraiment Mlle qui-sait-tout.

– Je suis désolée, s'excusa Sophie, vraiment désolée. C'est très mal élevé de ma part de vous corriger sans cesse.

Le BGG la contempla pendant encore un moment, puis il baissa à nouveau la tête et reprit sa tâche laborieuse.

– Dites-moi honnêtement, demanda Sophie, si vous soufflez ce rêve dans ma chambre pendant que je dors, est-ce que je rêverais bel et bien que je sauve mon professeur de la noyade en plongeant du haut d'un pont?

– Plus que ça, assura le BGG, bien plus que ça, mais je ne peux pas grafouiller tout ce qui se passe dans ce rêve sur un miniscule bout de papier. Il se passe bien d'autres choses, évidemment.

Le BGG posa son crayon sur la table et colla l'une de ses immenses oreilles contre la paroi de verre du bocal. Puis il écouta attentivement pendant environ trente secondes.

– Ce rêve a une très belle suite, dit-il en hochant sa longue tête d'un air solennel, et il a une fin fantabuleuse.

– Comment finit-il? demanda Sophie. S'il vous plaît, dites-moi.

– Avec ce rêve-là, répondit le BGG, tu rêverais que le lendemain du jour où tu as sauvé ton professeur de la noyade, tu arrives à l'école et que tu vois les cinq cents autres élèves de l'école tous réunis, ainsi que tous les professeurs. Il y a le directeur de l'école qui est là et qui dit : «Je voudrais que toute l'école acclame Sophie qui a eu le courage de sauver la vie de notre excellent professeur d'arithmétique, M. Figgins, qui a été malencontreusement poussé du haut du pont par notre professeur de gymnastique, Mlle Amélia Upscotch. Pour Sophie : Hip! Hip! Hip! Hourra!» Alors toute l'école en délire t'acclamerait aussitôt en criant bravo et après cela, M. Figgins te donnerait toujours dix sur dix en écrivant «Très bien Sophie» dans ton livre d'exercices, même si tes additions étaient complètement embrouillaminées. Et c'est à ce moment-là que tu te réveillerais.

– J'aime bien ce rêve, dit Sophie.

– Bien sûr que tu l'aimes, reprit le BGG, c'est une excellente bouille de gnome.

Il lécha le dos de l'étiquette et la colla sur le bocal.

– D’habitude, j’écris davantage de choses sur les étiquettes, dit-il, mais tu me regardes et ça me rend nerveux.

– Je peux aller m’asseoir ailleurs, proposa Sophie.

– Non, non, reste là, dit le BGG, regarde dans le bocal et je pense que tu verras le rêve.

Sophie scruta l’intérieur du bocal et elle distingua en effet la silhouette translucide de quelque chose qui avait la taille d’un œuf. Le rêve avait une touche de couleur vert pâle, douce et luisante, qui lui sembla d’une grande beauté. Cette petite forme oblongue et flasque, aux reflets verts, reposait paisiblement au fond du bocal, à peine parcourue de faibles pulsations qui lui imprimaient un mouvement régulier et presque imperceptible, comme une délicate respiration.

– Il bouge ! s’écria Sophie. Il est vivant !

– Bien sûr qu’il est vivant !

– Qu’est-ce que vous allez lui donner à manger ?

– Il n’a pas besoin de nourriture, assura le BGG.

– C’est cruel ! protesta Sophie. Tout ce qui est vivant a besoin de nourriture, d’une manière ou d’une autre. Même les arbres et les plantes.

– Le vent du nord est vivant, il bouge, il te caresse la joue et les mains mais personne ne le nourrit, fit remarquer le BGG.

Sophie resta silencieuse. Cet extraordinaire géant dérangeait ses idées reçues. Il semblait l’initier à des mystères qui dépassaient son entendement.

– Un rêve n’a besoin de rien, poursuivit le BGG. Si c’est un beau rêve, il attendra paisiblement qu’on le délivre pour qu’il puisse faire son travail. Si c’est un mauvais rêve, il se débattra pour essayer de s’échapper.

Le BGG se leva, se dirigea vers l’une des nombreuses étagères et y plaça le bocal parmi les milliers d’autres.

– Est-ce que je pourrais voir d’autres rêves ? demanda Sophie.

Le BGG hésita.

– Personne ne les a jamais vus, dit-il, mais après tout, je vais peut-être bien te laisser y jeter un petit coup d'œil.

Il la souleva alors de la table et la posa debout sur la paume de l'une de ses énormes mains, puis il la porta vers les étagères.

– Ici, il y a quelques beaux rêves, annonça-t-il, ce sont les bouilles de gnome.

– Voudriez-vous me rapprocher, que je puisse lire les étiquettes ? demanda Sophie.

– Les étiquettes ne disent pas tout, expliqua le BGG. Généralement, les rêves sont bien plus longs que ce qui est écrit. Je me sers des étiquettes simplement comme aide-mémoire.

Sophie commença à lire ce qui était écrit. La première étiquette lui sembla suffisamment longue, elle faisait tout le tour du bocal et Sophie dut le tourner à mesure qu'elle lisait. Voici ce qui était écrit :

Aujourd'hui, je suis assise en classe et je me rends compte que si je fixe très fort mon regard sur mon praufesseur d'une manière bien particuliaire, je suis kappabble de l'endormir. Alors, je la regarde bien fixement et finalement sa tête tombe sur son bureau et elle s'endort et elle se met a ronfler très fort. Puis le directeur entre dans la classe et crie : « Réveillez-vous, mademoiselle Plumridge ! Depuis quand s'endort-on en classe ? Allez donc chercher votre chapau et votre mantau et ne remettez jamais plus les pieds dans cette école ! » Mais aussitôt, j'endors également le directeur qui tombe lentement par terre comme un morceau de gelée et il reste étendu là en un petit tas et se met lui aussi à rhonfler et encore plus bruillamment que Mlle Plumridge ! J'entends alors la voix de maman qui me dit de me lever et que le petit daijeuner est prait.

– C’est un drôle de rêve, fit remarquer Sophie.

– C’est un tintinnabuleur, expliqua le BGG, un rêve tout guilleret.

Sophie pouvait voir dans le bocal, sous le bord de l’étiquette, le rêve hypnotiseur qui reposait paisiblement au fond. Il était également vert pâle et animé lui aussi de faibles pulsations, mais semblait un tout petit peu plus grand que l’autre.

– Est-ce que vous avez des rêves exprès pour les filles et exprès pour les garçons ? interrogea Sophie.

– Bien sûr, répondit le BGG. Si je donne un rêve de fille à un garçon, même si c’est un fantastoc rêve de fille, il se réveillera en disant quel rêve insipide et désaxécrable !

– C’est sûrement ce que dirait un garçon, approuva Sophie.

– Tous ceux-là, sur cette étagère, sont des rêves de fille, indiqua le BGG.

– Et est-ce que je pourrais voir un rêve de garçon ? demanda Sophie.

– Tu peux, dit le BGG en l’élevant jusqu’à une étagère plus haute.

Et voici ce qui était écrit sur l'étiquette du bocal le plus proche qui contenait un rêve pour garçon :

Je me suis fabriqué une splendide paire de bottes à ventouses et quand je les mets, je suis cappabble de marcher le long du mur de la kuisine et même au plafond. Et je suis justement en train de marcher la tête en bas au plafond quand ma grande sœur entre et commence à crier après moi commme elle le fait toujours en demandant qu'est-ce que je fais là à marcher au plafond. Alors je la regarde et je souris et je lui dis : « Tu me fais sans arrêt grimper aux murs, eh bien cette fois, c'est pour de bon. »

– Je trouve ce rêve plutôt idiot, dit Sophie.

– Ce ne serait pas l'avis d'un garçon, assura le BGG en souriant. Celui-là aussi, c'était un tintinnabuleur. Bon, tu en as peut-être vu assez, à présent.

– Je voudrais encore lire un rêve de garçon, demanda Sophie.
Sur une autre étiquette, il était écrit :

Le télafone sonne dans la maison et mon père décroche et de sa voix très sérieuse qu'il utilise toujours au télafone, il dit : « M. Simpkins à l'appareil. » Là-dessus, il devient tout pâle et sa voix devient toute drôle et il dit : « Quoi ? Comment ? Qui ça ? » Puis il dit ensuite : « Oui monsieur le président, je comprends monsieur le président mais c'est sûrement à moi que vous voulez parler monsieur le président pas à mon petit garçon ? » Alors le visage de mon père passe du blanc au viaulet et il se met à suffoquer comme s'il avait un homard coincé dans la gorje et finalement il dit : « Oui monsieur le président, très bien monsieur le président, je vais le chercher monsieur le président », puis il se tourne vers moi et il me dit d'une voix très respektueuse : « Tu connais le président des États-Unis ? » Et je réponds : « Non, mais j'imagine qu'il a dû entendre parler de moi. » Après cela, j'ai une longue conservation au télafone et je dis des choses comme : « Je préfère

m'en occuper moi-même, monsieur le président, vous allez tout rater si vous faites ça à votre idée.» Et mon père a les yeux qui lui sortent de la tête et à ce moment-là, j'entends la vraie voix de mon père qui me dit de me lever espèce de paresseux sinon je serai en retard a l'ékolle.

– Les garçons sont fous ! commenta Sophie. Laissez-moi en lire encore un autre.

Voici ce qui était écrit sur l'étiquette d'à côté :

Je suis en train de prendre un bain et je m'aperçois que si je presse très fort sur mon nombril, je sens quelque chose de tout drôle en moi et soudain mes bras et mes jambes ne sont plus là. En fait, je suis devenu absoulument invisible tout partout, je suis toujours là, mais personne ne peut plus me voir, même pas moi. Là-dessus, ma mère entre et dit : « Où est ce môme ? Il était dans la baignoire il y a une minute, il n'a sûrement pas déjà fini de se laver ! » Alors, moi je dis : « Je suis là », et ma mère dit : « Où ça ? » Et je réponds : « Ici ! » Et elle se met à crier : « Henri ! Viens vite ! » Et quand mon papa arrive à toute vitesse dans la salle de bains, je suis en train de me laver et mon papa voit le savon qui voltige dans l'air mais bien sûr, il ne me voit pas et il crie : « Où es-tu ? Où es-tu ? » Et moi je réponds : « Ici ! » Et lui il demande : « Où ? » Et moi, je réponds : « Ici ! » Et il demande : « Où ? » Et je réponds : « Ici ! » Alors il dit : « Le savon, le savon, il vole ! » Ensuite, j'appuie à nouvau sur mon nombril et je redeviens visible. Mon papa est tout sens dessus dessous et il dit : « Tu es le môme invisible ! » Et moi je dis : « Maintenant, je vais m'amuser un peu ! » Alors, quand je sors du bain et que je me suis essuyé, je mets mon peignoir et mes pantoufles et j'appuie encore sur mon nombril pour devenir invisible ; ensuite je sors et je me promène dans les rues. Moi, bien sûr, je suis invisible, mais pas ce que j'ai sur le dos et quand les jean voient un peignoir et des pantoufles qui avancent tout seuls avec personne dedans, c'est la panique et tout le monde crie : « Un fantôme ! Un fantôme ! » Et les

jean crient dans tous les coins et des grands policiers costauds prennent la fuite en voyant ça et surtout, le mieux, c'est que j'aperçois mon praufesseur d'algèbre qui sort d'un bar et je m'avance vers lui avec mon peignoir qui flotte dans l'air et je lui fais : « Bouh ! » Et il pousse un cri d'horreur et il retourne dans le bar à toute vitesse et c'est à ce moment-là que je me réveille, heureux comme un vent follet.

– C'est tout à fait ridicule, dit Sophie.

Malgré tout, elle ne put s'empêcher d'appuyer sur son propre nombril pour voir si quelque chose se passait. Mais rien de particulier ne se produisit.

– Les rêves sont des choses très mystérieuses, expliqua le BGG, et les hommes de terre n'y comprennent rien ; même les professeurs avec les plus gros cerveaux n'y comprennent rien. Tu en as vu assez ?

– Encore un dernier, demanda Sophie, celui-là, là-bas.

Elle se mit à lire l'étiquette :

J'ai écrit un livre et il est tellement passionnant que personne ne peut plus s'en détacher. Dès qu'on a lu la preumière ligne, on est si accroché qu'on ne peut plus s'arrêter jusqu'à la dernière page. Partout dans les villes, les jean se cognent les uns dans les autres parce qu'ils ont le nez plongé dans mon livre et les dentistes le lisent en essayant d'arracher les dents en même temps et tout le monde s'en fiche parce que même dans les fauteuils de dentiste, les jean lisent mon livre. Les automobilistes lisent en conduisant et les voitures se tamponnent partout dans tout le pays. Les chirurgiens du cerveau le lisent en opérant les cerveaux et les pilotes d'avion le lisent en pilotant les avions et ils vont à Tombouctou au lieu d'aller à Londres. Les joueurs de football lisent mon livre sur le terrain parce qu'ils ne peuvent pas s'en détacher et aussi les coureurs olimpicks pendant qu'ils courent. Tout le monde veut savoir ce qui va se passer a la page d'après et quand je me réveille je suis encore tout surexcité parce que je suis le plus grand écriveur de tous les temps jusqu'à ce que ma maman entre dans ma chambre et me dise qu'elle a lu ma rédaction la veille et que je fais des fautes d'aurtaugrafe aipouventabbles et que je ne connais rien à la ponkturation.

– Ça suffit, maintenant, dit le BGG, il y en a des milmillions d'autres mais mon bras est fatigué de te porter.

– Et ceux-là, là-bas, qu'est-ce que c'est? demanda Sophie. Pourquoi est-ce qu'ils ont de toutes petites étiquettes ?

– Ça, c'est parce que certains jours, j'attrape tant de rêves que je n'ai pas le temps ni le courage d'écrire de longues étiquettes, expliqua le BGG, alors, j'en écris juste assez pour me rappeler ce qu'il y a dedans.

– Est-ce que je peux jeter un coup d'œil? demanda Sophie.

Le BGG, faisant montre d'une patience à toute épreuve, la porta vers les bocaux qu'elle désignait du doigt. Sophie lut rapidement quelques étiquettes :

Je grimpe au sommet du mont Éverast avec rien que mon chat comme compagnie.

J'invente une voiture qui marche au dentifrice.

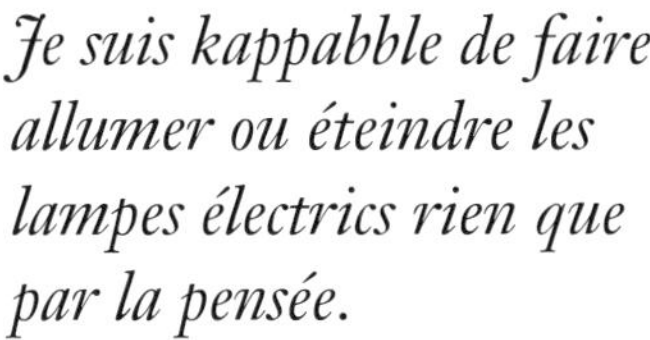

Je suis kappabble de faire allumer ou éteindre les lampes électrics rien que par la pensée.

Je suis un petit garçon de huit ans mais j'ai déjà une belle barbe touffue et tous les autres garçons sont jaloux.

Je suis kappabble de sauter de n'importe quelle fenêtre, même si elle est très haute et de voler jusqu'en bas sans me faire mal.

J'ai une copine abeille qui joue du rock and roll quand elle vole.

– Ce qui m'étonne, dit Sophie, c'est comment vous avez pu faire pour apprendre à écrire.

– Ah ! ça, répondit le BGG, je me demandais bien dans combien de temps tu me poserais cette question !

– C'est tout à fait merveilleux d'y être parvenu sans aller à l'école, remarqua Sophie. Comment donc avez-vous fait ?

Le BGG traversa la caverne et ouvrit une petite porte secrète aménagée dans le mur. Il en retira un vieux livre tout abîmé. Aux yeux d'un humain, c'était un livre normal, mais dans la main énorme du géant, il avait l'air d'un timbre-poste.

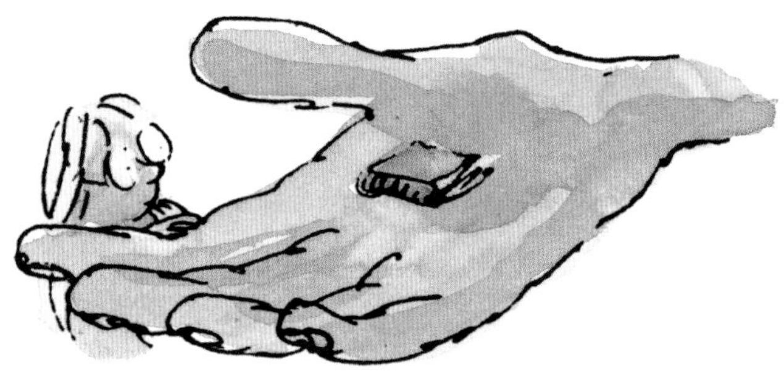

– Une nuit, dit le BGG, j'étais en train de souffler un rêve par une fenêtre et tout d'un coup j'aperçois ce livre posé sur la table de chevet, à côté du lit d'un petit garçon. J'en avais vraiment très envie, crois-moi, mais je n'ai pas voulu le voler. Je ne ferai jamais une chose pareille.

– Et comment avez-vous fait pour l'avoir ? interrogea Sophie.

– Je l'ai emprunté, répondit le BGG avec un sourire, je l'ai momentanément emprunté.

– Depuis combien de temps ? demanda Sophie.

– Oh ! quatre-vingts ans, environ, pas plus, et je le remettrai bientôt là où je l'ai pris.

– Et c'est comme ça que vous avez appris à écrire ? s'étonna Sophie.

– Je l'ai lu et relu des centaines de fois, expliqua le BGG, et je le relis encore en apprenant chaque fois de nouveaux mots que je m'exerce à écrire. C'est une histoire délexquisavouricieuse.

Sophie prit le livre dans la main du géant.

– *Nicholas Nickleby*, lut-elle à haute voix.

– Par Darles Chikens, précisa le BGG.

– Par *qui* ? s'étonna Sophie.

Au même instant, un bruit terrifiant retentit à l'extérieur de la caverne, un bruit de trépignement.

– Qu'est-ce que c'est que ça ? s'exclama Sophie.

– Ça, ce sont les géants qui se carapatatent dans d'autres pays pour aller s'y empiffrer d'hommes de terre, expliqua le BGG.

Puis il fourra aussitôt Sophie dans la poche de son gilet, se hâta vers l'entrée de la caverne et roula de côté l'énorme pierre.

Sophie colla son œil au petit trou de la poche et aperçut les neuf redoutables géants qui galopaient à toute allure.

– Où est-ce que vous allez, ce soir ? demanda le BGG.

– On s'escampette en Angleterre, répondit l'Avaleur de chair fraîche tandis que toute la troupe passait devant l'entrée de la caverne, l'Angleterre est un pays délexquicieux et on a très envie de petits marmots anglais.

– Moi, s'écria l'Écrabouilleur de donzelles, je connais une boîte à sottes remplie de petites filles et je vais m'en avaler plein la bonbonne !

– Et moi, s'exclama le Gobeur de gésiers, je connais une boîte à ballots pleine de petits garçons, et tout ce que j'ai à faire, c'est de tendre la main et de m'en ramasser une poignée. Les petits garçons anglais sont si suavoureux !

Quelques secondes plus tard, les neuf géants au galop étaient déjà hors de vue.

– Qu'est-ce qu'ils voulaient dire ? demanda Sophie en sortant la tête de la poche. Qu'est-ce que c'est qu'une boîte à sottes ?

– Il voulait dire une école de filles, expliqua le BGG, il va en dévorer par paquets entiers.

– Oh non ! s'indigna Sophie.

– Et ils mangeront aussi des petits garçons dans une autre école, poursuivit le BGG.

– Il faut empêcher cela ! s'écria Sophie. Il faut à tout prix les arrêter ! Nous n'allons tout de même pas rester assis là à ne rien faire !

– Il n'y a rien à faire, soupira le BGG, nous ne serions pas plus utiles qu'une plume de cheval.

Il s'assit sur un roc escarpé aux teintes bleuâtres, près de l'entrée de la caverne, prit Sophie dans sa poche et la posa à côté de lui, sur la roche.

– À présent, tu peux rester dehors en toute sécurité jusqu'à ce qu'ils reviennent, dit-il.

Le soleil avait disparu sous l'horizon et le soir tombait.

LE GRAND PROJET

– Il faut absolument que nous les arrêtions, insista Sophie. Remettez-moi vite dans votre poche, nous allons les suivre et prévenir tout le monde, en Angleterre, qu'ils arrivent.

– Redoncule et un pot cible, déclara le BGG, ils vont deux fois plus vite que moi et ils auront fini leur repas avant que j'aie fait la moitié du chemin.

– Mais on ne peut tout de même pas rester assis à ne rien faire, protesta Sophie. Combien de filles et de garçons vont-ils dévorer cette nuit ?

– Beaucoup, répondit le BGG. L'Avaleur de chair fraîche, à lui tout seul, a un appétit dévorastateur.

– Et ils vont enlever les enfants de leurs lits pendant leur sommeil ?

– Comme des petits pois dans leur cosse.

– Je ne peux pas supporter cette idée !

– Alors, n'y pense pas, conseilla le BGG. Pendant des années, je me suis assis sur ce roc, chaque soir, au moment où ils décampent, et chaque soir je me sentais tout triste en pensant aux hommes de terre qu'ils allaient avaler. Mais il a bien fallu que je m'y habitue. On ne peut rien y faire. Si je n'étais pas un minuscule petit avorton de géant de sept mètres, alors, je pourrais les arrêter. Mais c'est absolument hors de gestion.

– Est-ce que vous savez toujours où ils vont ? interrogea Sophie.

– Toujours, assura le BGG. Chaque soir, ils me crient où ils vont lorsqu'ils cavalcadent devant chez moi. L'autre jour, ils m'ont crié : « On va chez Miss Issippi et Miss Ouri pour les gober toutes les deux ! »

– C'est révoltant ! s'indigna Sophie. Je les hais !

Tous les deux restèrent assis côte à côte sur le roc bleu tandis que grandissait l'obscurité du crépuscule. De toute sa vie, Sophie ne s'était jamais sentie si désemparée. Mais, au bout d'un moment, elle se leva et s'écria :

– Je ne peux pas le supporter ! Pensez un peu à ces pauvres petits garçons et filles qui vont être dévorés vivants dans quelques heures ! Et nous, nous ne pouvons rien faire d'autre que de rester assis là ! Il faut absolument poursuivre ces brutes !

– Non, dit le BGG.

– Il le faut ! s'exclama Sophie. Pourquoi n'y allez-vous pas ?

Le BGG soupira et hocha la tête en signe de dénégation.

– Je te l'ai déjà dit cinq ou six fois, expliqua-t-il, et la troisième sera la dernière : je ne me montrerai jamais aux hommes de terre.

– Et pourquoi, jamais ?

– Parce que sinon, ils me mettraient dans un zoo avec les gros rilles et les chiens panzés.

– Absurde, lança Sophie.

– Et toi, ils te renverraient aussitôt dans un norphelinat. Les hommes de terre ne sont pas réputés pour leur gentillesse, ce sont tous des pourris de sansonniais et des tord-la-loi.

– Ce n'est pas vrai du tout ! protesta Sophie avec colère. Certains d'entre eux sont très gentils !

– Qui ? demanda le BGG. Donne-moi un nom.

– La reine d'Angleterre, par exemple, répondit Sophie, on ne peut certainement pas la traiter de pourrie de sansonniais ni de tord-la-loi.

– Mouais… marmonna le BGG.

– On ne peut pas non plus la traiter de rien du tout ou de pas grand-chose, poursuivit Sophie, de plus en plus en colère.

– Il y a longtemps que l'Avaleur de chair fraîche a envie de la manger, dit le BGG avec un sourire.

– Qui ? La reine ! s'indigna Sophie, stupéfaite.

– Oui, la reine, répondit le BGG. L'Avaleur de chair fraîche dit qu'il n'a jamais mangé de reine et il pense que cela doit être tout particulièrement délexquisavouricieux.

– Comment ose-t-il ! s'exclama Sophie.

– Mais l'Avaleur de chair fraîche dit qu'il y a trop de soldats autour du palais et il n'a pas le culot de s'y risquer.

– Encore heureux ! commenta Sophie.

– Il dit aussi qu'il aimerait bien baffrer un des soldats dans son bel uniforme rouge mais il a peur que le gros bonnet à poils noirs qu'ils ont sur la tête ne lui reste en travers de la gorge.

– J'espère bien qu'il s'étouffera, lança Sophie.

– L'Avaleur de chair fraîche est un géant très prudent, assura le BGG.

Sophie resta silencieuse quelques instants. Puis, soudain, d'une voix surexcitée, elle s'écria :

– Ça y est, je l'ai ! Mince, alors ! Je crois que je l'ai !

– Que tu as quoi ? s'étonna le BGG.

– L'idée, répondit Sophie, la bonne idée ! Une idée magnifique ! Nous allons aller voir la reine. Si j'arrivais à lui parler de ces épouvantables géants mangeurs d'hommes, je suis sûre qu'elle ferait quelque chose !

Le BGG posa sur elle un regard triste et hocha la tête.

– Elle ne te croira jamais, dit-il, javais de la mie !

– Je crois que si.

– Jamais, répéta le BGG. C'est une histoire qui semble tellement tortillonnée que la reine éclatera de rire en l'entendant et elle dira : « Tout ça, c'est calembredoles et faribaines ! »

– Non, elle ne dira pas ça !

– Bien sûr que si, affirma le BGG, je t'ai déjà expliqué que les hommes de terre ne croient simplement pas aux géants.

– Dans ce cas, il faut trouver un moyen pour qu'elle y croie, insista Sophie.

– Et de toute façon, comment feras-tu pour voir la reine ? demanda le BGG.

– Attendez une seconde, dit Sophie, juste une seconde, je crois bien que j'ai une autre idée.

– Tes idées sont complètement faribolesques, assura le BGG.

– Pas celle-ci, protesta Sophie, vous dites que si on raconte cette histoire à la reine, elle ne nous croira jamais ?

– Certainement pas, répondit le BGG.

– Eh bien, justement, on ne va pas la lui raconter, dit Sophie, au comble de l'excitation, nous n'en aurons pas besoin ! Nous la lui ferons *rêver* !

– C'est encore plus extraballot, comme idée, affirma le BGG, les rêves sont très bien pour s'amuser, mais personne n'y croit. On ne croit à un rêve qu'au moment où on le fait vraiment mais dès qu'on se réveille, on se dit : « Dieu merci, ce n'était qu'un rêve. »

– Ne vous inquiétez pas, je peux arranger ça, assura Sophie.

– Tu ne pourras rien arranger du tout, dit le BGG.

– Si, je le peux ! Je vous promets que je le peux ! Mais tout d'abord, laissez-moi vous poser une question très importante : est-il possible de faire rêver à quelqu'un tout ce qu'on veut ?

– Absolument ! répondit fièrement le BGG. Tout ce que tu voudras, je peux le faire rêver.

– Si, par exemple, je voulais rêver que je suis dans une baignoire volante avec des ailes d'argent, vous pourriez me faire rêver ça ?

– Je le pourrais, assura le BGG.

– Mais comment feriez-vous ? interrogea Sophie. Vous n'avez certainement pas ce rêve-là, exactement tel que je le souhaiterais, dans votre collection ?

– Non, admit le BGG, mais je pourrais l'obtenir en faisant un mélange.

– Comment cela, un mélange ?

– C'est un peu comme un mélange pour un gâteau, expliqua le BGG. Si tu mélanges les ingrédients qu'il faut, en respectant bien les quantités, tu peux faire le gâteau que tu veux, sucré, glacé, framboisé, bûche de Noëlé ou grosbabaaurhumé. C'est la même chose pour les rêves.

– Continuez, l'encouragea Sophie.

– J'ai des milmillions de rêves sur mes étagères, pas vrai ?

– Vrai, répondit Sophie.

– J'ai plein de rêves avec des baignoires, j'ai des rêves avec des ailes d'argent et des rêves où on vole. Il me suffit donc de mélanger correctement tous ces rêves et j'obtiendrai très vite le rêve où tu voleras dans la baignoire avec des ailes d'argent.

– Je comprends, dit Sophie, je ne savais pas que l'on pouvait mélanger les rêves.

– Les rêves aiment être mélangés, assura le BGG, ils se sentent tout seuls dans ces bocaux vides.

– Parfait, dit Sophie, et maintenant, est-ce que vous avez des rêves avec la reine d'Angleterre ?

– Plein, déclara le BGG.

– Et avec des géants ?

– Bien sûr !

– Et avec des géants qui mangent des gens ?

– J'en ai des ribambilles.

– Et avec des petites filles comme moi ?

– Ce sont les plus répandus. J'ai plein de bocaux remplis de rêves avec des petites filles.

– Et vous pourriez mélanger tout ça exactement comme je vous le demanderai ? interrogea Sophie de plus en plus exaltée.

– Bien sûr, répondit le BGG, mais en quoi cela nous aidera-t-il ? Je crois bien que tu fais fausse route.

– Attendez un peu, poursuivit Sophie, écoutez-moi bien : je veux que vous me fassiez un rêve que vous soufflerez dans la chambre de la reine d'Angleterre pendant qu'elle dormira. Et voici ce qui va se passer…

– Hé, minette, papilion ! l'interrompit le BGG. Comment vais-je faire pour m'approcher de la reine d'Angleterre d'assez près pour pouvoir souffler un rêve dans sa chambre ? Tu dis des sotteries.

– Je vous expliquerai cela plus tard, pour le moment, s'il vous plaît, écoutez-moi bien attentivement, reprit Sophie, voici le rêve dont j'ai besoin. Vous m'écoutez bien ?

– Je suis toutes zoreilles, dit le BGG.

– Je veux que la reine rêve que neuf épouvantables géants de quinze mètres chacun galopent en Angleterre en pleine nuit. Il faut aussi qu'elle rêve de leurs noms. C'est comment, leurs noms, déjà ?

– Avaleur de chair fraîche, Étouffe-Chrétien, Croqueur d'os, Mâcheur d'enfants, Empiffreur de viande, Gobeur de gésiers, Écrabouilleur de donzelles, Buveur de sang et Garçon boucher, énuméra le BGG.

– Faites-lui rêver de tous ces noms, continua Sophie, et faites-lui rêver aussi qu'ils rôdent en Angleterre à l'heure des ombres pour attraper des petits garçons et des petites filles dans leurs lits. Faites-la rêver qu'ils passent le bras par la fenêtre des chambres à coucher et qu'ils arrachent les petits garçons et les petites filles de leurs lits et ensuite…

Sophie marqua une pause puis elle demanda :

– Est-ce qu'ils les dévorent sur place ou est-ce qu'ils les emportent ?

– Généralement, ils se les mettent sur la langue et les avalent comme du pop-corn.

– Il faudra aussi mettre ça dans le rêve, dit Sophie, et ensuite… ensuite le rêve doit montrer que, quand ils ont le ventre plein, ils retournent chez eux au grand galop, au pays des géants, où personne ne peut les retrouver.

– C'est tout ? demanda le BGG.

– Certainement pas, reprit Sophie, il faut également expliquer à la reine dans son rêve qu'il existe un Bon Gros Géant qui peut lui dire où vivent ces sauvages pour qu'elle puisse y envoyer ses soldats et son armée et qu'ils les capturent une bonne fois pour toutes. Et maintenant, il reste une dernière chose très importante à lui faire rêver : il faut lui montrer une petite fille assise sur le rebord de sa fenêtre et qui lui dira où se cache le Bon Gros Géant.

– Et où se cache-t-il ? interrogea le BGG.

– Nous y penserons plus tard, trancha Sophie. Bon, alors, la reine rêve ce rêve-là, d'accord ?

– D'accord.

– Ensuite, elle se réveille et la première chose qu'elle se dit, c'est : « Oh ! quel horrible rêve ! Je suis si heureuse que ce ne soit qu'un cauchemar. » Et là-dessus, elle lève la tête de sur son oreiller et qu'est-ce qu'elle voit ?

– Qu'est-ce qu'elle voit ? répéta le BGG.

– Elle voit une petite fille nommée Sophie assise sur le rebord de sa fenêtre, juste devant elle, bien vivante, bien réelle.

– Et puis-je te demander comment tu vas faire pour t'asseoir sur le rebord de la fenêtre de la reine d'Angleterre, s'il te plaît !

– C'est *vous* qui me mettrez là, répondit Sophie, et c'est ça le meilleur de mon idée. Si quelqu'un rêve qu'il y a une petite fille assise sur le rebord de la fenêtre et que cette personne se réveille en voyant réellement la petite fille assise là, le rêve devient vrai, non ?

– Je commence à voir où tu veux en venir, dit le BGG. Si la reine se rend compte que cette partie de son rêve est vraie, alors, elle croira peut-être que tout le reste est également vrai.

– C'est à peu près ça, approuva Sophie, mais ce sera à moi de l'en convaincre.

– Et tu veux que dans le rêve, on dise qu'il y a un Bon Gros Géant qui va aussi parler à la reine ?

– Absolument, affirma Sophie, il le faut. Vous êtes le seul qui puisse lui indiquer où se trouvent les autres géants.

– Et comment vais-je faire pour rencontrer la reine ? s'inquiéta le BGG. Je n'ai pas envie que ses soldats me tirent dessus.

– Les soldats sont devant le palais, assura Sophie, et à l'arrière, il y a un grand jardin sans soldats du tout. Le jardin est entouré d'un très haut mur avec des pointes au sommet pour empêcher les gens d'y monter. Mais vous, il vous suffira de l'enjamber.

– Comment se fait-il que tu saches tout cela sur le palais de la reine ? s'étonna le BGG.

– L'année dernière, j'étais dans un autre orphelinat, expliqua Sophie. C'était à Londres et nous nous promenions souvent dans ce coin-là.

– Tu m'aideras à trouver le palais ? demanda le BGG. Moi, je n'ai jamais osé me cacher ou rôder autour de Londres.

– Je vous montrerai le chemin, promit Sophie d'une voix assurée.

– Londres, ça me fait peur, avoua le BGG.

– Il ne faut pas, dit Sophie, il y a plein de petites rues sombres un peu partout et à l'heure des ombres, on n'y rencontre pas grand monde.

Le BGG prit Sophie entre le pouce et l'index et la posa doucement dans la paume de sa main.

– Est-ce que le palais est très grand ? demanda-t-il.

– Immense, répondit Sophie.

– Alors comment ferons-nous pour trouver la chambre de la reine ?

– Ce sera à vous de jouer, dit Sophie, vous êtes un expert dans ce genre de choses, n'est-ce pas ?

– Et tu es vraiment sûre que la reine ne va pas me mettre dans un zoo avec tous les chiens panzés ?

– Bien sûr que non ! affirma Sophie. Au contraire, vous serez un héros. Et vous n'aurez plus jamais besoin de manger de schnockombre.

Sophie vit les yeux du BGG s'arrondir. Il se passa la langue sur les lèvres.

– C'est vrai ? dit-il. C'est vraiment vrai ? Plus jamais de ce dégoûtable schnockombre ?

– Vous ne pourriez même pas en avoir, même si vous le vouliez, assura Sophie, les humains n'en font pas pousser.

Ce dernier argument emporta la décision. Le BGG se leva et demanda :

– Quand veux-tu que nous fabriquions ce rêve ?

– Maintenant, dit Sophie, à l'instant même.

– Et quand irons-nous voir la reine ?

– Cette nuit, répondit Sophie, dès que le rêve sera prêt.

– Cette nuit ? s'exclama le BGG. Et pourquoi se prestopiter si subito ?

– Si nous ne pouvons rien faire pour sauver les enfants qui seront dévorés cette nuit, au moins pourrons-nous sauver ceux qui auraient dû l'être demain, et en plus, je suis affamée, je n'ai rien mangé depuis vingt-quatre heures.

– Dans ce cas, il faut se déchêper, dit le BGG en se dirigeant vers la caverne.

Sophie lui embrassa le bout du pouce.

– Je savais bien que vous le feriez, dit-elle. Allez, pressons-nous !

LA MIXTURE DE RÊVE

Il faisait sombre à présent. La nuit avait déjà commencé. Le BGG, portant toujours Sophie au creux de sa main, retourna en hâte dans sa caverne et alluma ces lumières aveuglantes qui semblaient venir de nulle part.

– Reste ici, dit-il, après avoir posé Sophie sur la table, et pas de bavassage, j'ai besoin de n'entendre que le silence quand je fabrique un rêve aussi tortueusement complexiqué.

Il s'éloigna d'elle à grands pas et alla chercher un immense bocal vide de la taille d'une machine à laver. Il le serra contre sa poitrine et s'approcha des étagères sur lesquelles étaient alignés les milliers de bocaux plus petits qui gardaient les rêves prisonniers.

– Des rêves avec des géants, marmonna-t-il en déchiffrant les étiquettes, des géants qui s'empiffrent d'hommes de terre... Non, pas celui-là... Celui-là non plus... Ah, en voilà un !... Et là, un autre !

Il attrapa les bocaux et en dévissa les couvercles puis il versa les rêves dans l'immense bocal qu'il tenait contre lui et chaque fois qu'il en tombait un, Sophie apercevait en un éclair une petite forme vert pâle qui passait d'un récipient dans l'autre.

Le BGG se dirigea vivement vers une autre étagère.

– Et maintenant, grommela-t-il, j'ai besoin d'un rêve avec des boîtes à sottes pour les petites filles… et des boîtes à ballots pour les garçons.

Il semblait tendu à présent, et Sophie pouvait presque le voir bouillir d'excitation tandis qu'il courait de l'un à l'autre de ses chers bocaux. Il devait bien y avoir en tout cinq mille rêves rangés sur les étagères, mais il savait exactement où se trouvait chacun d'entre eux.

– Des rêves avec une petite fille, marmonna-t-il, et des rêves avec moi dedans… Allons, allons, vite, pressons… Où diable ai-je bien pu les fourrer ?

Il continua ainsi et, au bout d'une demi-heure, il avait réussi à trouver tous les rêves dont il avait besoin et les avait versés dans l'immense bocal qu'il posa ensuite sur la table, tandis que Sophie l'observait sans dire un mot. Elle pouvait voir palpiter doucement au fond de l'énorme récipient une cinquantaine de formes ovales et gélatineuses aux reflets vert pâle. Certaines d'entre elles reposaient les unes sur les autres mais chaque rêve gardait encore son individualité propre.

– Et maintenant, on va les mélanger, annonça le BGG.

Il alla ensuite chercher dans le buffet, où il conservait ses bouteilles de frambouille, un gigantesque batteur à œufs. C'était un de ces modèles à manivelle munis de fouets qui tournent sur eux-mêmes en produisant une sorte de sifflement. Le BGG glissa l'extrémité de l'engin dans le grand bocal au fond duquel les rêves étaient entassés et se mit à tourner rapidement la manivelle.

– Regarde, dit-il à Sophie.

Des éclairs verts et bleus jaillissaient à l'intérieur du récipient tandis que le batteur fouettait vigoureusement les rêves et les transformait peu à peu en une mousse verdâtre.

– Oh ! les pauvres ! s'exclama Sophie.

– Ils ne sentent rien, assura le BGG en continuant de tourner la manivelle, les rêves ne sont pas comme les hommes de terre ou les animaux. Ils n'ont pas de cerveau, ils sont faits de zozimes.

Une minute plus tard environ, le BGG cessa de tourner son batteur. Le bocal tout entier était maintenant plein, jusqu'au bord, de grosses bulles, exactement semblables à des bulles de savon, mais plus brillantes et aux couleurs plus belles.

– Continue de regarder, conseilla le BGG.

Alors, très lentement, la bulle qui se trouvait à la surface s'éleva vers le goulot du bocal et s'envola. Une autre la suivit, puis une troisième et une quatrième. Bientôt, la caverne fut remplie de centaines de bulles aux teintes magnifiques qui flottaient dans l'air. C'était un spectacle vraiment extraordinaire. Sophie les contempla et les vit dériver en direction de l'entrée de la caverne qui était restée ouverte.

– Elles s'en vont, murmura Sophie.

– Bien sûr.

– Et où vont-elles ?

– Ce sont des tout petits bouts de rêves que je n'ai pas utilisés, expliqua le BGG, et ils retournent au pays de la brume pour se joindre à des rêves entiers.

– C'est un peu trop compliqué pour moi, confessa Sophie.

– Les rêves sont pleins de mystère et de magie, dit le BGG,

n'essaye pas de les comprendre. Regarde plutôt dans ce grand bocal et tu verras le rêve que tu m'as demandé de préparer pour la reine.

Sophie se tourna vers l'immense récipient et regarda à l'intérieur. Il y avait au fond une forme qui se débattait sauvagement, en bondissant et en se jetant contre les parois du bocal.

– Mon Dieu ! s'écria-t-elle, c'est cela ?

– C'est cela, dit fièrement le BGG.

– Mais c'est… c'est horrible ! s'exclama Sophie. Il saute partout, il veut sortir !

– C'est parce que c'est un troglopompe, expliqua le BGG, c'est un cauchemar.

– Mais je ne veux pas donner un cauchemar à la reine ! s'écria Sophie.

– Si elle rêve de géants qui s'empiffrent de petits garçons et de petites filles, comment veux-tu que ce ne soit pas un cauchemar ? demanda le BGG.

– Oh non ! se lamenta Sophie.

– Oh si ! répliqua le BGG. Un rêve dans lequel on voit des petits mouflets dévorés par des géants ne peut être qu'un effroyable cauchemar troglopompeux. Un sombre crapahuteux. Un sinistre boufrayeur. C'est tout cela mélangé en un seul rêve. C'est un cauchemar aussi affreux que le troglopompe que j'ai soufflé à l'Avaleur de chair fraîche, cet après-midi. Celui-ci est même pire.

Sophie contempla l'effrayant cauchemar qui continuait à se débattre dans l'immense bocal. Beaucoup plus grand que les autres, il avait à peu près la taille et la forme d'un œuf de dinde. Son apparence était gélatineuse et l'on distinguait des nuances d'un rouge écarlate qui se reflétaient à l'intérieur de sa masse. Il y avait quelque chose de terrifiant dans la façon dont il se jetait contre les parois du récipient.

– Je ne veux pas donner un cauchemar à la reine, répéta Sophie.

– Eh bien, moi, je crois que ta reine sera très contente d'avoir eu un cauchemar, si ce cauchemar peut empêcher que des centaines d'hommes de terre soient dévorés par d'épouvantables géants. Vrai ou faux ?

– Je suppose que vous avez raison, admit Sophie, il faut le faire.

– Elle en sera bien vite débarrassée, promit le BGG.

– Est-ce que vous avez bien mis toutes les autres choses importantes comme je vous l'avais demandé ? interrogea Sophie.

– Quand je soufflerai ce rêve dans la chambre de la reine, elle rêvera chaque petit mini-détail que tu m'as demandé d'y mettre, affirma le BGG.

– Elle me verra assise sur le rebord de sa fenêtre ?

– C'est un des moments les plus forts.

– Et le Bon Gros Géant ?

– J'en ai mis un grand beau morceau, assura le BGG.

Tout en continuant de parler, il prit un petit bocal et y versa très vite le troglopompe qui se débattait et se trémoussait dans le grand récipient. Puis il vissa soigneusement le couvercle de sa nouvelle prison.

– Et voilà, tout est prêt, annonça le BGG.

Il alla ensuite chercher sa valise et y rangea le petit bocal.

– Pourquoi donc prendre cette grande valise alors que nous n'emportons qu'un petit bocal ? Vous pourriez le mettre dans votre poche, fit remarquer Sophie.

Le BGG la regarda en souriant.

– Par toutes les billes de loto, dit-il en retirant le bocal de la valise, ta tête n'est pas aussi encrassouillée qu'il y paraît, après tout ! Je vois que tu n'es pas née d'hier.

– Merci bien, mon bon monsieur, répondit Sophie en faisant une révérence.

– Tu es prête à partir ? demanda le BGG.

– Prête ! s'écria Sophie.

Son cœur s'était mis à battre à la pensée de ce qu'ils allaient accomplir. C'était une aventure démente qui allait peut-être les mener tout droit en prison.

Le BGG revêtit sa grande cape noire.

Il fourra le bocal dans sa poche puis il prit sa longue trompette à souffler les rêves. Il tourna ensuite son regard vers Sophie.

– Le bocal au rêve est dans ma poche. Tu veux t'installer là avec lui pour faire le voyage ? demanda-t-il.

– Sûrement pas ! s'exclama Sophie. Je refuse de m'asseoir à côté de cette horrible chose !

– Alors, où vas-tu te mettre ?

Sophie l'observa pendant quelques instants, puis :

– Si vous vouliez être assez aimable pour tourner une de vos adorables grandes oreilles vers le haut, dit-elle, de telle sorte qu'elle soit bien horizontale, cela me ferait une place très confortable pour m'installer.

– Hé mais bigre ! Voilà une bougre de bonne idée ! s'exclama le BGG.

Lentement, il fit alors pivoter son oreille droite jusqu'à ce qu'elle ressemblât à une grande coquille tournée vers le ciel.

Puis il souleva Sophie et l'y déposa. L'oreille du BGG avait à peu près la taille d'un grand plateau et ressemblait à une oreille humaine, avec les mêmes reliefs, les mêmes méandres ; c'était un endroit très confortable, en vérité.

– J'espère que je ne vais pas tomber dans le trou, s'inquiéta Sophie, en prenant soin de se tenir à distance du vaste conduit auditif qui s'ouvrait à côté d'elle.

– Fais bien attention de ne pas y glisser, recommanda le BGG, sinon, j'aurais affrominablement mal aux oreilles.

L'avantage de se trouver là, c'était que Sophie pouvait parler au BGG en lui murmurant directement dans l'oreille.

– Tu me chatouilles un peu, dit le géant, arrête de gigoter, s'il te plaît.

– J'essaierai, promit Sophie. Vous êtes prêt ?

– Ouillouiaïe ! s'écria le BGG. Ne fais pas ça !

– Mais je n'ai rien fait, s'étonna Sophie.

– Tu parles trop fort ! N'oublie pas que j'entends le moindre petit mini-gazouillis cinquante fois plus fort que toi et voilà que tu me cries directement dans l'oreille !

– Oh, ciel ! murmura Sophie, j'avais oublié !

– Ta voix résonne comme tronnerre et tompette !

– Je suis désolée, murmura Sophie. C'est mieux comme ça ?

– Non, s'exclama le BGG, c'est comme si tu tirais un coup de tromblon !

– Dans ce cas, comment vais-je faire pour vous parler ? chuchota Sophie.

– Ne me parle plus ! s'écria le malheureux BGG, s'il te plaît, plus un mot ! À chaque fois j'ai l'impression qu'on me lâche des bombes à vrombir dans mon oreille !

Sophie essaya de parler dans un souffle.

– Est-ce mieux ainsi ? demanda-t-elle en parlant si doucement qu'elle ne pouvait même plus entendre sa propre voix.

– C’est mieux, dit le BGG, maintenant c’est beaucoup plus agréable. Qu’est-ce que tu essayais de me dire, juste avant ?

– Je vous demandais si vous étiez prêt ?

– Et comment ! On s’en va ! s’exclama le BGG en se dirigeant vers l’entrée de la caverne, on s’en va rencontrer sa Majestueuse la Reine !

Dès qu’il fut sorti de la caverne, le BGG remit en place la grande pierre ronde et s’élança dans la nuit à un galop d’enfer.

VOYAGE À LONDRES

La vaste terre jaunâtre et désolée s'étendait dans une pâleur laiteuse sous la clarté de la lune tandis que le Bon Gros Géant la traversait à toute allure.

Sophie, toujours vêtue de sa simple chemise de nuit, était confortablement installée dans un creux de l'oreille du BGG. Elle se trouvait exactement au bord de l'oreille droite, près de l'extrémité supérieure, là où se forme un repli, et ce repli constituait une sorte de toit qui la protégeait très efficacement du vent qu'elle entendait souffler autour d'elle. En plus, la peau de l'oreille du géant, là où elle s'était étendue, avait la douceur du velours et dégageait une chaleur tiède. «Personne, pensait-elle, ne pouvait se vanter d'avoir jamais voyagé aussi confortablement.»

Sophie jeta un coup d'œil par-dessus le bord de l'oreille et contempla le paysage désolé du pays des géants qui filait devant elle. Ils allaient vite, à n'en pas douter. Le BGG bondissait du sol comme s'il avait eu des fusées dans les orteils et chacune de ses enjambées le propulsait à une bonne trentaine de mètres en l'air. Mais il n'avait cependant pas encore passé la vitesse supérieure, celle qui transformait le paysage en une sorte de tourbillon diffus, celle qui faisait hurler le vent et qui donnait l'impression que les pieds du géant ne touchaient plus terre. Cela viendrait plus tard.

Sophie n'avait pas dormi depuis longtemps. Elle était très fatiguée et la sensation de tiédeur et de confort qu'elle éprouvait l'incita à s'assoupir.

Elle ne sut pas combien de temps elle avait dormi, mais lorsqu'elle se réveilla et qu'elle regarda par-dessus le bord de l'oreille, le paysage avait complètement changé. Ils se trouvaient à présent dans un pays très vert où s'élevaient des montagnes et s'étendaient des forêts. Il faisait toujours nuit, mais la lune brillait plus que jamais.

Soudain, et sans ralentir le pas, le BGG tourna la tête vers la gauche. Pour la première fois depuis le début du voyage, il prononça quelques mots.

– Vite, vite, regarde là-bas, dit-il en pointant sa longue trompette.

Sophie regarda dans la direction qu'il indiquait et elle distingua tout d'abord dans l'épaisseur de la nuit un grand nuage de poussière qui devait se trouver à une centaine de mètres de distance.

– Ce sont les autres géants qui rentrent chez eux après leur baffrerie, dit le BGG.

Alors, Sophie les vit plus nettement. Dans la clarté de la lune, elle observa les neuf brutes monstrueuses, à demi nues, qui parcouraient le paysage à un train d'enfer. Regroupés, ils fonçaient tête baissée, coudes au corps et, pire que tout, leurs ventres

rebondis témoignaient de leurs agapes. Ils faisaient des enjambées stupéfiantes, se déplaçant à une vitesse incroyable. Leurs pieds martelaient le sol dans un bruit de tonnerre et ils laissaient derrière eux une longue traînée de poussière. Dix secondes plus tard, ils avaient déjà disparu.

– Il y a un bon nombre de mouflettes et de marmots qui ont disparu de leurs lits, à l'heure qu'il est, soupira le BGG.

Sophie en était malade.

Mais cette sinistre rencontre les détermina plus que jamais à mener à bien leur mission.

Ce fut une heure plus tard, environ, que le BGG ralentit son allure.

– Nous sommes en Angleterre, à présent, dit-il soudain.

En dépit de l'obscurité, Sophie pouvait voir qu'ils se trouvaient maintenant dans un pays de prés verdoyants séparés les uns des autres par des haies bien taillées. Il y avait des collines boisées et l'on apercevait, de temps en temps, les phares d'une voiture qui roulait sur une route. À chaque fois qu'ils s'approchaient ainsi d'une route, le BGG l'enjambait en un clin d'œil, si vite qu'aucun automobiliste n'aurait pu voir quoi que ce fût, sinon, peut-être, une vague ombre noire et fugace passant en un éclair au-dessus de sa tête.

Tout à coup, une étrange lueur orangée apparut au lointain dans le ciel nocturne.

– Nous arrivons près de Londres, dit le BGG.

Il ralentit le pas et commença à observer les environs avec prudence.

On voyait des groupes de maisons, un peu partout, mais leurs fenêtres n'étaient pas encore éclairées. Il était trop tôt pour se lever.

– On va sûrement nous voir, s'inquiéta Sophie.

– On ne me voit jamais, assura le BGG. Tu oublies que j'ai

fait ce genre de choses pendant des années, des années et des années. Et aucun homme de terre n'a jamais pu jeter le moindre coup d'œil sur moi.

– Moi, j'y suis parvenue, fit remarquer Sophie.

– Ah, oui ! admit le BGG, mais tu étais la toute première.

Pendant la demi-heure qui suivit, tout alla si vite et dans un tel silence que Sophie, accroupie dans l'oreille du géant, fut bien incapable de comprendre ce qui se passait exactement. Ils parcouraient des rues, avec des maisons partout et parfois des magasins. Des réverbères étaient éclairés; des gens marchaient sur les trottoirs et des voitures roulaient, tous phares allumés. Mais personne ne remarquait le BGG. Il était impossible de comprendre comment il parvenait à échapper ainsi aux regards; ses mouvements avaient quelque chose de magique, il se mêlait aux ombres, il glissait – c'est le seul mot qui puisse décrire sa façon de se déplacer –, il glissait sans bruit d'un coin sombre à un autre, avançait sans cesse, en se faufilant dans les rues de Londres, et sa longue cape se confondait avec les ténèbres de la nuit.

Il était possible qu'un ou deux noctambules aient pu avoir l'impression qu'une ombre longue et noire s'éclipsait dans une rue sombre mais même dans ce cas, ils n'en auraient pas cru leurs yeux. Ils auraient pensé qu'il s'agissait là d'une illusion et se seraient moqués d'eux-mêmes pour avoir cru distinguer quelque chose qui n'existait pas.

Finalement, Sophie et le BGG arrivèrent dans un vaste endroit rempli d'arbres. Une petite route le traversait et on voyait un lac. Tout était désert et le BGG, pour la première fois depuis plusieurs heures qu'ils avaient quitté la caverne, fit une halte.

– Que se passe-t-il ? chuchota Sophie dans un souffle.

– Je suis un peu embrouillaminé, répondit le BGG.

– Mais non, vous vous repérez très bien, au contraire, chuchota Sophie.

– Pas du tout, je suis complètement déssoubolé, je suis perdu, affirma le BGG.

– Pourquoi cela ?

– Parce que normalement, nous devrions nous trouver au centre de Londres et tout à coup nous voici en plein milieu d'un bois.

– Ne dites pas de bêtises, chuchota Sophie, c'est ici, le centre de Londres. Ça s'appelle Hyde Park. Je sais parfaitement où nous sommes.

– Tu me fais une farce.

– Absolument pas, je vous jure que non. Nous sommes presque arrivés.

– Tu veux dire que nous sommes tout près du palais de la reine ? s'exclama le BGG.

– C'est juste de l'autre côté de la rue, murmura Sophie, maintenant, c'est moi qui vais vous guider.

– Quel est le chemin ? demanda le BGG.

– Il faut aller tout droit.

Le BGG traversa le parc à petites foulées.

– Maintenant, arrêtez-vous.

Le BGG s'immobilisa.

– Vous voyez ce grand rond-point, là-bas, devant nous, juste à la sortie du parc ? chuchota Sophie.

– Je le vois.

– C'est Hyde Park Corner.

Même à cette heure-ci, une heure avant l'aube, la circulation était dense sur Hyde Park Corner.

– Au milieu du rond-point, chuchota Sophie, il y a une immense arche avec, à son sommet, la statue d'un cavalier sur son cheval. Vous la voyez ?

Le BGG scruta la place à travers le feuillage des arbres.

– Je la vois, dit-il.

– Pensez-vous qu'en prenant votre élan, vous pourriez sauter par-dessus Hyde Park Corner et son cavalier et atterrir sur le trottoir de l'autre côté ?

– Facilement, assura le BGG.

– Vous êtes sûr ? Tout à fait sûr ?

– Je t'en fais la promesse, dit le BGG.

– Quoi qu'il arrive, il ne faut surtout pas atterrir au milieu de Hyde Park Corner.

– Ne t'en fais pas, pour moi, c'est un tout petit bond, ça ne pose pas le moindre petit mini-problème.

– Alors, allez-y ! chuchota Sophie.

Le BGG partit au grand galop en se frayant un chemin parmi les arbres et juste au moment où il arriva devant les grilles qui séparaient le parc de la rue, il s'élança dans les airs. Ce fut un bond gigantesque. Il s'envola au-dessus de Hyde Park Corner et atterrit, avec la souplesse d'un chat, sur le trottoir opposé.

– Bravo ! chuchota Sophie. Et maintenant, vite ! Il faut sauter par-dessus ce mur !

Face à eux, un mur de brique, muni à son sommet de pointes menaçantes, bordait le trottoir. Le BGG se ramassa sur lui-même et un simple saut à pieds joints lui suffit à franchir le mur.

– Nous y sommes ! murmura Sophie tout excitée. Nous sommes à l'arrière du palais, dans le jardin de la reine.

LE PALAIS

– Vertouchu ! chuchota le BGG. Nous y sommes vraiment ?

– Voici le palais, murmura Sophie.

À une centaine de mètres à peine, derrière les grands arbres du jardin, à l'autre bout des pelouses bien tondues et des massifs de fleurs soigneusement entretenus, se dessinait dans l'obscurité l'imposante silhouette du palais, avec ses murs de pierre blanche. La taille du bâtiment impressionna le BGG.

– Il doit y avoir au moins cent chambres, là-dedans ! murmura-t-il.

– Facilement, assura Sophie.

– Dans ce cas, je suis tout déssoubolé, comment vais-je donc faire pour trouver celle de la reine ?…

– Approchons-nous, nous allons voir ça d'un peu plus près, chuchota Sophie.

Le BGG se glissa parmi les arbres. Soudain, il s'immobilisa, et la grande oreille dans laquelle Sophie était assise se mit à pivoter.

– Hé ! attention ! murmura Sophie, vous allez me faire tomber !

– Chut ! dit le BGG, j'entends quelque chose !

Il s'accroupit derrière un bouquet d'arbustes et attendit. L'oreille continuait de tourner en tous sens et il fallait que

Sophie se cramponne ferme pour éviter d'en tomber. Puis, le BGG pointa son index à travers un trou dans le feuillage et Sophie aperçut alors un homme qui marchait silencieusement sur la pelouse en tenant en laisse un chien de garde.

Le BGG ne bougeait pas davantage qu'une pierre. Sophie non plus. Et bientôt, l'homme et son chien passèrent et disparurent dans l'obscurité.

– Tu m'avais dit qu'il n'y avait pas de soldats à l'arrière du jardin, murmura le BGG.

– Ce n'était pas un soldat, chuchota Sophie, plutôt une sorte de gardien. Il faudra faire attention.

– Je ne m'en fais pas trop, assura le BGG, avec mes grandes foldingues oreilles, je pourrais même entendre respirer quelqu'un à l'autre bout de ce jardin.

– Combien nous reste-t-il de temps avant l'aube ? demanda Sophie.

– Pas beaucoup, répondit le BGG. Il faut y aller hélico presto !

Il se faufila dans le vaste jardin et, cette fois encore, Sophie put admirer avec quelle habileté il se mêlait aux ombres. Et même lorsqu'il marchait sur du gravier, ses pas ne faisaient pas le moindre bruit.

Tout à coup, ils se retrouvèrent tout contre la façade arrière de l'immense palais. La tête du BGG atteignait la hauteur des fenêtres du premier étage, et Sophie, assise dans son oreille, les avait également juste en face d'elle. À cet étage, tous les rideaux des fenêtres semblaient tirés, et on n'apercevait nulle part la moindre lumière. La rumeur lointaine et assourdie des voitures, qui circulaient autour de Hyde Park Corner, parvenait jusqu'à eux.

Le BGG s'arrêta et approcha de la première fenêtre son autre oreille, celle dans laquelle Sophie n'était pas.

– Non, murmura-t-il.

– Qu'est-ce que vous écoutez ? demanda Sophie.
– Une respiration, expliqua le BGG. Rien qu'en entendant un souffle, je peux dire si c'est celui d'un homme ou d'une femme. Il y a un homme là-dedans et il ronfle légèrement.
Il se glissa le long de la façade en plaquant contre le mur sa haute silhouette mince vêtue de noir. Lorsqu'il arriva devant la deuxième fenêtre, il écouta de nouveau.
– Non, murmura-t-il encore une fois.
Il reprit sa progression.
– Cette chambre est vide, chuchota-t-il.
Il écouta ainsi à plusieurs autres fenêtres, mais à chaque fois, il hochait la tête et avançait plus loin.
Lorsqu'il fut parvenu à la fenêtre qui se trouvait au milieu de la façade, il écouta encore, mais cette fois il ne bougea plus.
– Ho, ho ! murmura-t-il, il y a une dame qui dort là-dedans.
Sophie sentit un petit frisson lui parcourir l'échine.
– Oui, mais qui est-ce ? demanda-t-elle.
Le BGG mit un doigt sur ses lèvres pour l'inciter au silence, puis il passa un autre doigt par la fenêtre entrouverte, et écarta très légèrement le rideau.
La lueur orangée du ciel de Londres s'infiltra dans la pièce et projeta sur les murs une faible clarté. C'était une très belle chambre avec un riche tapis, des chaises dorées, une coiffeuse et un lit. Et, sur l'oreiller du lit, reposait la tête d'une femme.
Sophie, tout à coup, réalisa qu'elle était en train d'observer un visage qu'elle avait vu toute sa vie sur des timbres, des pièces de monnaie et dans des journaux.
Pendant quelques secondes, elle resta sans voix.
– C'est elle ? murmura le BGG.
– Oui, chuchota Sophie.
Le BGG ne perdit pas de temps. Tout d'abord, il souleva avec d'infinies précautions le panneau inférieur de la fenêtre à

guillotine qui n'était qu'à demi fermé. Il était expert en matière de fenêtres. Durant toutes les années passées à souffler des rêves dans les chambres des enfants, il en avait ouvert des milliers. Certaines d'entre elles étaient coincées, d'autres branlantes, d'autres encore grinçaient mais il fut heureux de constater que la fenêtre de la reine, elle, glissait comme une étoffe de soie. Il remonta le panneau aussi haut qu'il put afin de laisser à Sophie la place de s'asseoir sur le rebord.

Ensuite, il referma bien les rideaux, puis il prit Sophie dans son oreille entre le pouce et l'index et la déposa sur l'appui de la fenêtre, en l'asseyant de telle sorte que ses jambes pendaient à l'intérieur de la chambre tout en restant dissimulées par les rideaux.

– Et surtout, ne t'en va pas basculbuter en arrière, chuchota le BGG, il faut que tu te tiennes bien des deux mains au rebord de la fenêtre.

Sophie suivit ses recommandations.

C'était le printemps à Londres, et la nuit n'était pas trop fraîche, mais il faut se rappeler que Sophie avait pour seul vêtement une mince chemise de nuit, et elle aurait donné n'importe quoi en échange d'une robe de chambre, pas seulement pour se réchauffer mais également pour cacher la blancheur de cette chemise aux regards qui, en bas, auraient pu la surprendre.

Le BGG retira le bocal de la poche de sa cape et en dévissa le couvercle. Puis, avec mille précautions, il versa le précieux rêve dans le pavillon de sa trompette qu'il glissa ensuite entre les rideaux, le plus loin possible à l'intérieur de la chambre, en direction de l'endroit où il avait vu le lit. Il prit alors une profonde inspiration, gonfla ses joues et pouf ! souffla le rêve.

Il ne lui restait plus, après cela, qu'à ôter très lentement la trompette, avec des gestes prudents, comme l'on fait d'un thermomètre.

– Tu es bien, assise là ? murmura-t-il.

– Oui, chuchota Sophie.

En fait, elle était terrifiée mais tout aussi décidée à ne pas le montrer. Elle jeta un coup d'œil par-dessus son épaule. Le sol lui semblait à des kilomètres. À coup sûr, il n'aurait pas fait bon tomber là, en bas.

– Dans combien de temps le rêve fera-t-il son effet ? demanda-t-elle.

– Parfois, il faut une heure, chuchota le géant, d'autres fois, c'est plus rapide. Il en est cependant qui sont plus lents à agir, mais une chose est certaine, le rêve finira par l'atteindre.

Sophie ne répondit rien.

– Et maintenant, je m'en vais attendre dans le jardin, murmura le BGG. Quand tu auras besoin de moi, tu n'auras qu'à appeler mon nom et j'arriverai sur-le-champ.

– Vous êtes sûr que vous m'entendrez ? chuchota Sophie.

– Tu oublies ça, dit-il en montrant ses grandes oreilles.

– Bon, eh bien, au revoir, murmura Sophie.

Alors, soudain, d'une manière tout à fait imprévisible, le BGG se pencha vers elle et déposa un baiser sur sa joue. Sophie eut envie de pleurer. Mais quand elle se retourna pour le regarder, il était déjà parti. Il s'était simplement fondu dans l'obscurité du jardin.

LA REINE

L'aube arriva enfin et un soleil, couleur jaune vif, s'éleva derrière les toits des maisons, du côté de Victoria Station. Quelques minutes plus tard, Sophie sentit un peu de sa chaleur dans son dos et en éprouva de la reconnaissance.

Elle entendit au loin sonner la cloche d'une église. Elle compta les coups. Il y en eut sept.

Elle avait du mal à croire qu'elle, Sophie, une petite orpheline qui n'avait pas grande importance en ce monde, se trouvait véritablement assise, en cet instant même, à bonne distance au-dessus du sol, sur le rebord de la fenêtre de la chambre de la reine d'Angleterre, alors que la reine elle-même était endormie, juste derrière ce rideau, à cinq mètres de là. C'était en soi une idée absurde. Personne n'avait jamais fait quelque chose de semblable. C'était même effrayant.

Qu'arriverait-il si le rêve ne marchait pas ? Personne, et encore moins la reine elle-même, ne croirait un mot de son histoire. Et il se pouvait bien qu'il ne fût jamais arrivé à quiconque au monde de découvrir, en s'éveillant, une petite fille assise derrière les rideaux de sa chambre. La reine allait avoir un choc. Qui n'en aurait pas eu à sa place ?

Avec toute la patience dont peut faire preuve une petite fille qui attend quelque chose d'important, Sophie resta assise sans bouger sur le rebord de la fenêtre.

« Combien de temps allait encore durer l'attente ? se demandait-elle. À quelle heure les reines se réveillent-elles ? »

Des bruits étouffés et la rumeur d'une agitation lointaine lui parvenaient depuis le cœur même du palais.

Puis, tout à coup, elle entendit une voix qui venait de derrière les rideaux. C'était la voix quelque peu voilée de quelqu'un qui parle pendant son sommeil.

– Oh, non ! s'écriait-elle, que quelqu'un les arrête ! Ne les laissez pas faire ! Je ne peux pas supporter cela ! Oh, s'il vous plaît, arrêtez-les ! C'est horrible ! Oh, c'est épouvantable ! Non ! non ! non !

« Elle est en train de faire le rêve, se dit Sophie. Ce doit être vraiment effrayant. J'en suis désolée pour elle, mais il le fallait. »

Il y eut ensuite quelques gémissements puis un long silence.

Sophie attendit. Elle regarda par-dessus son épaule avec la terreur de voir l'homme au chien qui, peut-être, dans le jardin, l'observait, la tête levée vers la fenêtre. Mais le jardin était désert. Une brume pâle de printemps flottait dans l'air comme une fumée. C'était un vaste et magnifique jardin avec, tout au bout, un lac dont les contours avaient une drôle de forme. Une île s'élevait au milieu du lac et des canards glissaient sur l'eau.

À l'intérieur de la pièce, derrière les rideaux, Sophie entendit des coups frappés à une porte ; c'était un bruit qui ne pouvait tromper. Elle entendit également qu'on tournait la poignée, puis les pas de quelqu'un qui entrait dans la chambre.

– Bonjour, Majesté, dit une voix de femme.

C'était la voix d'une personne âgée.

Il y eut à nouveau un silence, puis un léger cliquetis de porcelaine et d'argent qui s'entrechoquaient.

– Voulez-vous votre plateau dans votre lit, Madame, ou préférez-vous que je le pose sur la table ?

– Oh, Mary, il vient de m'arriver quelque chose d'affreux !

Sophie reconnut immédiatement la voix qui venait de prononcer ces mots : elle l'avait souvent entendue à la radio et à la télévision, en particulier le jour de Noël. C'était une voix très célèbre.

– Quoi donc, Madame ?

– Je viens de faire un rêve épouvantable ! C'était un horrible cauchemar !

– J'en suis désolée, Madame, mais ne vous en faites pas, vous êtes réveillée à présent et tout cela va s'en aller, ce n'était qu'un rêve, Madame.

– Savez-vous ce que j'ai rêvé, Mary ? J'ai rêvé que des petits garçons et des petites filles étaient enlevés de leurs lits dans des pensionnats par d'effroyables géants qui les dévoraient. Les géants passaient leurs bras par les fenêtres des dortoirs et les attrapaient entre leurs doigts ! Un groupe d'élèves d'une école de filles et un autre d'une école de garçons ! C'était si… si vivant… Oh, Mary, cela paraissait si réel !

Il y eut un silence. Sophie attendit. Elle se sentait tout agitée. Mais pourquoi donc ce silence ? Pourquoi est-ce que l'autre, la servante, ne disait rien ?

– Qu'est-ce qu'il y a donc, Mary ? demanda la voix célèbre.

Le silence revint.

– Mary ! Vous êtes pâle comme un linge ! Vous ne vous sentez pas bien ?

Il y eut alors un grand fracas et un bruit de vaisselle brisée qui ne pouvait signifier qu'une chose : la servante venait de laisser tomber le plateau qu'elle avait dans les mains.

– Mary ! s'exclama la voix célèbre d'un ton plutôt sec, je crois que vous feriez mieux de vous asseoir ! On dirait que vous allez vous évanouir ! Il ne faut pas vous mettre dans cet état-là simplement parce que j'ai fait un mauvais rêve.

– Ce... ce... ce n'est pas pour cela, Madame, dit la voix tremblante de la servante.

– Alors, pourquoi est-ce donc, au nom du ciel ?

– Je suis désolée pour le plateau, Madame.

– Oh, ne vous en faites pas pour le plateau. Mais qu'est-ce donc qui vous l'a fait lâcher ? Et pourquoi êtes-vous soudain devenue pâle comme un spectre ?

– Vous n'avez pas encore lu les journaux, n'est-ce pas, Madame ?

– Non, que disent-ils ?

Sophie entendit le froissement d'un journal.

– Cela ressemble au rêve que vous avez fait cette nuit, Madame.

– Allons, ne dites pas de sottises, Mary. Où est-ce ?

– À la première page, Madame. Cela fait le gros titre.

– Miséricorde ! s'écria la voix célèbre. Dix-huit élèves disparaissent mystérieusement de leurs lits à l'école de filles de Roedean ! Et quatorze garçons disparaissent d'Eton. On a retrouvé des os sous les fenêtres du dortoir !

Il y eut ensuite une pause entrecoupée d'exclamations poussées par la voix célèbre et provoquées de toute évidence par la lecture de l'article.

– Oh, mais c'est terrifiant ! s'écria la voix célèbre. C'est absolument effroyable ! Des os sous les fenêtres ! Qu'a-t-il bien pu se passer ? Mon Dieu, les malheureux enfants !

– Mais, Madame... ne voyez-vous pas...

– Quoi donc, Mary ?

– Ces enfants, ils ont été enlevés presque exactement comme dans votre rêve, Madame !

– Mais pas par des géants, Mary.

– Non, Madame, mais l'histoire des filles et des garçons qui disparaissent de leurs dortoirs, c'est cela que vous avez rêvé très clairement et voilà maintenant que c'est véritablement arrivé. C'est pour cela que j'étais si troublée, Madame.

– Je me sens un peu troublée, moi aussi, Mary…

– Cela me fait peur, Madame, quand de telles choses arrivent, vraiment peur.

– Je vous comprends, Mary.

– Je vais vous chercher un autre petit déjeuner, Madame, et faire nettoyer tout ce gâchis.

– Non, ne partez pas, Mary ! Restez encore un instant !

Sophie aurait voulu voir ce qui se passait dans la chambre, mais elle n'osait pas toucher aux rideaux.

– J'ai *vraiment* rêvé de ces enfants, Mary, reprit la célèbre voix, c'était clair comme du cristal.

– Je m'en doute, Madame.

– Mais je ne sais pas ce que les géants viennent faire là-dedans. C'était une sottise.

– Voulez-vous que j'ouvre les rideaux, Madame ? Cela nous fera du bien. Il fait un temps magnifique.

– Faites, s'il vous plaît.

Les rideaux s'ouvrirent alors dans un bruissement.

La servante poussa un cri.

Sophie resta pétrifiée sur le rebord de la fenêtre.

La reine, assise dans son lit, un exemplaire du *Times* sur les genoux, jeta un bref coup d'œil vers la fenêtre. Ce fut à son tour d'être pétrifiée. Elle ne poussa aucun cri, à l'inverse de la servante, les reines ont trop de flegme pour cela. Le teint pâle, elle se contenta de fixer, de ses yeux grands ouverts, la petite fille perchée sur l'appui de sa fenêtre avec une chemise de nuit pour tout vêtement.

Sophie était incapable de faire un geste.

Et curieusement, la reine aussi semblait incapable de bouger. On se serait attendu à ce qu'elle parût surprise, comme vous et moi l'aurions été en découvrant à notre réveil une petite fille assise sur le rebord de la fenêtre. Mais la reine n'avait pas l'air étonné, elle semblait plutôt effrayée.

La servante, une femme entre deux âges, coiffée d'un drôle de bonnet, fut la première à reprendre ses esprits.

– Pourriez-vous me dire, s'il vous plaît, ce que vous faites ici ? demanda-t-elle avec colère.

Sophie lança à la reine un regard suppliant.

La reine n'avait pas cessé de la fixer, on pourrait même dire qu'elle la contemplait avec stupéfaction. Elle avait la bouche légèrement entrouverte, ses yeux s'étaient arrondis comme des soucoupes et son célèbre visage plutôt aimable exprimait l'incrédulité.

– Dites-moi un peu, jeune personne, comment diable avez-vous fait pour vous introduire dans cette pièce ? s'écria la servante d'un ton furieux.

– C'est à ne pas croire, murmura la reine, c'est vraiment à ne pas croire.

– Je vais immédiatement la faire sortir d'ici, Madame, dit la servante.

– Non, non, Mary, ne faites pas cela.

La reine avait parlé avec une telle brusquerie que la servante en fut interloquée. Elle se tourna vers la souveraine et la regarda avec étonnement. Que lui arrivait-il donc ? On eût dit qu'elle était en état de choc.

– Vous vous sentez bien, Madame ? demanda la servante.

Lorsque la reine parla à nouveau, ce fut dans un étrange murmure étranglé :

– Dites-moi, Mary, dites-moi franchement, y a-t-il véritablement une petite fille assise sur le rebord de ma fenêtre, ou suis-je toujours en train de rêver ?

– Elle est bien assise là, Madame, c'est clair comme le jour, mais Dieu sait comment elle a pu arriver jusqu'ici ! Et croyez-moi, cette fois, Votre Majesté ne rêve pas !

– Mais c'est exactement ce que j'ai rêvé, justement, s'écria la reine, j'ai aussi rêvé cela, qu'une petite fille assise sur le rebord de ma fenêtre, et simplement vêtue d'une chemise de nuit, allait me parler !

La servante, les mains crispées sur le plastron blanc et amidonné de son uniforme, regardait sa maîtresse avec une expression tout à fait incrédule. La situation la dépassait, elle était perdue. Jamais on ne l'avait préparée à faire face à ce genre de folie.

– Es-tu bien réelle ? demanda la reine à Sophie.

– Ou… oui… Majesté, murmura la fillette.

– Et comment t'appelles-tu ?

– Sophie, Majesté.

– Et comment es-tu arrivée sur le rebord de ma fenêtre ? Non, ne réponds pas ! Attends un instant ! J'ai également rêvé cela ! J'ai rêvé que c'était un géant qui t'avait mise là !

– C'est vrai, Majesté, répondit Sophie.

La servante poussa un gémissement angoissé et se couvrit le visage de ses mains.

– Allons, Mary, un peu de sang-froid, dit sèchement la reine, puis, s'adressant de nouveau à Sophie : ce n'est pas sérieux, cette histoire de géant, n'est-ce pas ? demanda-t-elle.

– Oh ! si, Majesté. Il est dehors, dans le jardin, en ce moment même.

– Vraiment ? dit la reine.

La totale absurdité de cette réponse l'aida à retrouver son calme.

– Alors, comme ça, il est dans le jardin, n'est-ce pas ? demanda-t-elle en esquissant un sourire.

– Mais c'est un bon géant, Majesté, assura Sophie, il ne faut pas en avoir peur.

– Je suis ravie de l'apprendre, reprit la reine en continuant de sourire.

– C'est mon meilleur ami, Majesté.

– C'est tout à fait charmant, dit la reine.

– C'est un géant vraiment adorable, Majesté.

– Je n'en doute pas, dit la reine, mais pourquoi ce géant et toi êtes-vous venus me voir ?

– Je crois que ça aussi, vous l'avez rêvé, Majesté, assura Sophie avec calme.

Cette remarque prit la reine de court. Elle fit également disparaître son sourire. Cela aussi, elle l'avait rêvé, en effet. Elle se souvenait à présent qu'à la fin de son rêve, il lui avait été dit qu'une petite fille et un bon gros géant viendraient lui expliquer comment faire pour retrouver les neuf monstrueux géants mangeurs d'hommes.

« Mais attention, pensa la reine, restons calme. Car on ne doit pas se trouver loin des frontières de la folie. »

– Vous avez rêvé cela, n'est-ce pas, Majesté ? insista Sophie.

La servante avait renoncé à comprendre désormais, elle se contentait de rester là, l'air complètement ahuri.

– En effet, murmura la reine, maintenant que tu en parles, je me souviens de l'avoir rêvé. Mais comment sais-tu cela ?

– Oh, c'est une longue histoire, Majesté, répondit Sophie. Voulez-vous que j'appelle le Bon Gros Géant ?

La reine regarda la fillette qui lui rendit son regard, avec une expression grave et sincère sur le visage. La reine ne savait plus à quoi s'en tenir. Était-on en train de lui monter un canular ? Elle se le demandait.

– Est-ce que je l'appelle ? répéta Sophie. Vous verrez, vous l'aimerez beaucoup.

La reine prit une profonde inspiration. Elle était contente que personne, en dehors de sa fidèle Mary, ne fût là pour voir ce qui se passait.

– Très bien, dit-elle, appelle donc ton géant. Non, attends un instant. Mary, reprenez vos esprits et donnez-moi ma robe de chambre et mes pantoufles.

La servante fit ce qu'elle demandait. La reine alors se leva puis passa une robe de chambre rose pâle et chaussa une paire de pantoufles.

– Tu peux l'appeler, à présent, dit la reine.

Aussitôt, Sophie se retourna vers le jardin et se mit à crier :

– BGG ! Sa Majesté la Reine voudrait vous voir !

La reine traversa la pièce et s'approcha de Sophie.

– Descends donc de ce rebord, dit-elle, tu risques de tomber à tout moment.

Sophie sauta à terre et resta debout à côté de la reine ; toutes deux faisaient face à la fenêtre ouverte. Mary, la servante, se tenait derrière elles, les mains sur les hanches, dans une attitude de fermeté et avec l'air de dire : je ne veux rien avoir à faire dans ce désastre.

– Je ne vois aucun géant, fit remarquer la reine.

– Juste un instant, s'il vous plaît, dit Sophie.

– Est-ce que je la mets dehors, maintenant ? demanda la servante.

– Emmenez-la plutôt au rez-de-chaussée et donnez-lui un petit déjeuner, répliqua la reine.

Au même moment, il y eut un bruissement dans les arbustes, près du lac.

Le BGG arrivait ! Avec ses sept mètres, sa cape noire, qu'il portait avec l'élégance d'un gentleman, et sa longue trompette à la main, il traversa, d'un pas noble, les pelouses du jardin et s'avança vers la fenêtre.

La servante poussa un hurlement. La reine eut une réaction de stupeur. Sophie adressa un signe de la main au géant.

Le BGG prit son temps, s'approchant de la reine avec dignité. Lorsqu'il fut arrivé près de la fenêtre derrière laquelle se tenaient les deux femmes et la petite fille, il s'arrêta et s'inclina avec grâce. Sa tête, lorsqu'il se redressa, se trouva exactement au niveau de la fenêtre royale.

– Votre Majestueuse, dit-il, je suis votre très humble serveur.

Puis il s'inclina de nouveau.

Pour quelqu'un qui n'avait encore jamais rencontré de géant dans sa vie, la reine conserva un flegme impressionnant.

– Nous sommes très heureuse de faire votre connaissance, dit-elle.

En bas, un jardinier traversait la pelouse en poussant une brouette. Sur sa gauche, il aperçut les jambes du BGG. Son regard, alors, monta lentement le long de l'immense silhouette. Ses mains se crispèrent sur les brancards de la brouette. Il chancela. Il tituba. Enfin, il tomba à la renverse, proprement évanoui. Personne cependant ne lui prêta attention.

– Ô Majestueuse ! s'écria le BGG. Ô Reine ! Ô Monarquesse ! Ô Souveraine en or ! Ô Cheftaine d'État ! Ô Emperesse ! Ô Sultane ! Je suis venu ici avec ma jeune amie Sophie… pour vous porter…

Le BGG hésita, cherchant le mot qui convenait.

– Pour me porter quoi ? demanda la reine.

– Pour vous porter ma sistance, reprit le BGG, le visage rayonnant.

La reine sembla déconcertée.

– Il parle d'une manière un peu drôle, parfois, Majesté, expliqua Sophie, c'est parce qu'il n'est jamais allé à l'école.

– Eh bien, il faut l'y envoyer, dit la reine, nous avons quelques excellentes écoles dans ce pays.

– J'ai de grands secrets à vous dire, Votre Majestueuse, annonça le BGG.

– Je serai enchantée de les entendre, assura la reine, mais pas en robe de chambre.

– Désirez-vous vous habiller, Madame ? demanda la servante.

– Avez-vous pris votre petit déjeuner ? interrogea la reine en s'adressant au géant et à Sophie.

– Oh, est-ce qu'on pourrait en avoir un ? s'exclama Sophie. Oh, s'il vous plaît ! Je n'ai rien mangé depuis hier !

– J'allais prendre le mien, dit la reine, mais Mary l'a laissé échapper.

La servante avala sa salive.

– J'imagine qu'il doit y avoir quelque chose à manger dans le palais, poursuivit la reine à l'adresse du BGG, peut-être accepterez-vous de vous joindre à moi, en compagnie de votre jeune amie ?

– Est-ce que nous allons manger du répugnable schnockombre ? s'inquiéta le BGG.

– Du quoi ? demanda la reine.

– Du schnockombre puant, répéta le BGG.

– De quoi parle-t-il ? s'étonna la reine. Voilà un mot aux consonances fort vulgaires. Mary, dit-elle en se tournant vers sa servante, demandez donc que l'on fasse servir un petit déjeuner pour trois dans… Je pense qu'il vaudrait mieux choisir la salle de bal. C'est là que le plafond est le plus haut. J'ai bien peur que vous n'ayez à franchir les portes à quatre pattes, poursuivit la reine en s'adressant au BGG, je vais vous envoyer quelqu'un pour vous montrer le chemin.

Le BGG leva la main et prit Sophie sur la fenêtre.

– Nous allons laisser Sa Majestueuse s'habiller, dit-il.

– Non, je vais garder la petite fille avec moi, proposa la reine, il faut trouver quelque chose à lui mettre sur le dos. Elle ne va tout de même pas prendre son petit déjeuner en chemise de nuit !

Le BGG reposa donc Sophie dans la chambre.

– Est-ce qu'il serait possible d'avoir des saucisses, demanda Sophie, et du bacon et des œufs sur le plat ?

– Je pense qu'il doit y avoir moyen de rassembler tout cela, répondit la reine en souriant.

– Attendez-donc d'avoir goûté à ça, dit Sophie au BGG, vous verrez, à partir de maintenant, c'est fini les schnockombres !

LE PETIT DÉJEUNER ROYAL

L'annonce que Sa Majesté allait prendre son petit déjeuner dans une demi-heure, dans la grande salle de bal et en compagnie d'un géant de sept mètres, qu'il allait falloir installer à une table, provoqua un fantastique remue-ménage parmi les serviteurs du palais.

Le maître d'hôtel, un imposant personnage qui avait pour nom M. Tibbs, et sous les ordres de qui étaient placés tous les autres serviteurs, fit de son mieux pour contenter la reine en dépit du peu de temps qu'on lui accordait. On ne devient pas maître d'hôtel de la reine sans pouvoir faire preuve au plus haut point d'ingéniosité, d'adaptabilité, de souplesse, de dextérité, d'astuce, de sophistication, de sagacité, de discrétion et d'une foule d'autres qualités que ni vous ni moi ne possédons. M. Tibbs, en revanche, les avait toutes. Il se trouvait à l'office en train de boire paisiblement sa première bière de la journée, lorsque l'ordre royal lui parvint. En un instant il fit le calcul suivant : si un homme d'un mètre quatre-vingts a besoin d'une table haute de quatre-vingt-dix centimètres pour manger, il faudra à un géant de sept mètres une table de trois mètres soixante. Et si un homme d'un mètre quatre-vingts a besoin d'une chaise de soixante centimètres de hauteur, il faudra à un géant de sept mètres une chaise de deux mètres quarante.

« Il faut tout multiplier par quatre, se dit M. Tibbs, il faudra dont huit œufs au lieu de deux, seize tranches de bacon au lieu de quatre, douze toasts au lieu de trois et ainsi de suite. » Tous ces calculs furent immédiatement transmis à M. Papillon, le chef de la cuisine royale.

M. Tibbs glissa jusqu'à la salle de bal (les maîtres d'hôtel ne marchent pas, ils glissent sur le parquet), suivi d'une armée de valets de pied. Ceux-ci étaient vêtus de culottes à l'ancienne qui s'arrêtaient aux genoux et chacun d'entre eux était pourvu de mollets et de chevilles parfaitement galbés. On ne peut devenir valet de pied au palais royal qu'à la condition d'avoir la cheville bien tournée. C'est ce que l'on regarde en premier lors de l'entretien qui précède l'embauche.

– Poussez le grand piano au centre de la salle, murmura M. Tibbs.

Les maîtres d'hôtel n'élèvent jamais la voix plus haut qu'un simple murmure.

Quatre valets de pied déplacèrent le piano.

– Et maintenant, allez me chercher une grande commode et posez-la sur le piano, murmura M. Tibbs.

Trois autres valets de pied allèrent chercher une magnifique commode d'acajou de style Chippendale et la placèrent sur le piano.

– Ce sera sa chaise, murmura M. Tibbs, cela fait une hauteur de deux mètres quarante exactement. À présent nous allons faire une table qui permettra à ce gentleman de prendre son petit déjeuner dans le meilleur confort. Allez me chercher quatre grandes pendules de grands-mères, il y en a plein dans le palais et choisissez-les d'une hauteur de trois mètres soixante exactement.

Seize valets de pied se répandirent aussitôt dans tout le palais pour y chercher les pendules. Elles n'étaient pas très faciles à porter et il fallait quatre hommes pour déplacer chacune d'elles.

– Disposez les pendules aux quatre coins d'un rectangle de deux mètres quarante de long sur un mètre vingt de large, juste devant le grand piano, murmura M. Tibbs.

Les valets de pied s'exécutèrent.

– Et maintenant, allez me chercher la table de ping-pong du jeune prince, murmura encore M. Tibbs.

On apporta la table de ping-pong.

– Dévissez-en les pieds et emportez-les, poursuivit M. Tibbs dans son éternel murmure.

Quelques instants plus tard, c'était chose faite.

– À présent, posez la table de ping-pong sur les quatre pendules de grands-mères, murmura M. Tibbs.

Les valets de pied y parvinrent en montant sur des escabeaux.

M. Tibbs se recula pour apprécier ce nouvel ameublement.

– Rien de tout cela n'est de style très classique, murmura-t-il, mais il faudra bien s'en contenter.

Il ordonna ensuite que l'on dispose une nappe de damas sur la table de ping-pong et finalement, l'ensemble prit fort belle allure.

À ce moment, on remarqua que M. Tibbs semblait hésitant.

Les valets de pied, frappés d'horreur, l'observèrent avec angoisse.

D'ordinaire, les maîtres d'hôtel n'hésitent jamais, même lorsqu'ils ont à faire face aux difficultés les plus inextricables. C'est leur métier de prendre sans cesse des décisions.

– Les couteaux, les fourchettes et les cuillères, entendit-on M. Tibbs marmonner, nos couverts auront l'air de petites épingles dans ses mains.

Heureusement, M. Tibbs n'hésita pas longtemps.

– Dites au chef jardinier que j'ai immédiatement besoin d'une fourche et d'une pelle qui n'aient encore jamais servi, murmura-t-il, et nous utiliserons en guise de couteau la grande épée accrochée au mur du petit salon. Mais nettoyez-la bien d'abord, la dernière fois qu'on en a fait usage, ce fut pour couper la tête du roi Charles Ier et il est possible qu'il reste un peu de sang séché sur la lame.

Lorsque tous ses ordres eurent été exécutés, M. Tibbs se tint debout au centre de la salle de bal et contempla le résultat de son œil expert de maître d'hôtel. Avait-il oublié quelque chose ? Sans aucun doute. Une tasse pour le café du gentleman, par exemple.

– Allez me chercher le plus grand pot que vous puissiez trouver à la cuisine, murmura M. Tibbs.

On apporta alors un magnifique pot à eau en porcelaine, d'une contenance de quatre litres, que l'on posa sur la table du géant, entre la fourche, la pelle et l'épée.

Tout était prêt pour le géant. M. Tibbs fit ensuite apporter une élégante petite table et deux chaises que l'on plaça à côté de la table géante. C'était ce qu'il avait prévu pour la reine et pour Sophie. La table du géant allait dominer la petite table, mais l'on n'y pouvait rien.

Tous ces aménagements venaient juste d'être achevés lorsque la reine, vêtue à présent d'une jupe élégante et d'un cardigan de cachemire, entra dans la salle de bal en tenant Sophie par la main. Celle-ci était habillée d'une petite robe bleue qui avait appartenu dans le temps à l'une des princesses et pour que la fillette paraisse plus jolie encore, la reine lui avait épinglé sur la poitrine une superbe broche de saphir qu'elle avait choisie parmi ses propres bijoux. Le BGG les suivit en éprouvant les pires difficultés à franchir la porte. Il lui fallut se mettre à quatre pattes et s'efforcer de passer par l'ouverture trop étroite pour lui avec l'aide de deux valets de pied qui le poussaient derrière et de deux autres qui le tiraient devant. Finalement, et au prix d'un rude combat, il parvint quand même à entrer dans la salle. Il avait ôté sa cape noire et ne portait plus maintenant que ses vêtements habituels. Quant à sa trompette, il l'avait laissée au vestiaire avec la cape.

Il dut à plusieurs reprises se baisser en traversant la salle de bal pour ne pas se cogner la tête contre le plafond. Marchant ainsi courbé, il ne remarqua pas la présence d'un énorme lustre de cristal; sa tête le heurta de plein fouet et les éclats de cristal tombèrent en pluie sur le malheureux géant.

– Envers et carnation! s'écria-t-il. Qu'est-ce que c'est que ça?

– C'*était* du Louis XV, dit la reine avec une nuance de contrariété dans la voix.

– C'est la première fois qu'il entre dans une maison, expliqua Sophie.

M. Tibbs se renfrogna. Il ordonna à quatre valets de pied de ramasser les débris puis, d'un petit geste dédaigneux de la main, il invita le géant à s'asseoir sur la commode posée sur le piano.

– Regardez-moi ce fantasfarabuleux fauteuil ! s'exclama le géant. Je vais être comme un phoque en pâte là-dessus.

– Est-ce qu'il parle toujours comme cela ? demanda la reine.

– Très souvent, répondit Sophie, il se perd dans les mots.

Le BGG s'assit sur la commode et promena autour de la grande salle de bal un regard émerveillé.

– Vertouchu ! s'exclama-t-il. C'est magnificieux, ici ! C'est si gigantasque qu'il me faudrait une pure de jaimelles et un télascop pour voir ce qui se passe à l'autre bout de la pièce !

Des valets de pied entrèrent alors en apportant des plateaux d'argent chargés de bacon, de saucisses, d'œufs frits et de pommes de terre grillées.

Ce fut à se moment-là que M. Tibbs se rendit compte que pour servir le BGG à sa table d'horloges de grands-mères, il aurait à monter sur l'un des plus hauts escabeaux. Il lui faudrait en même temps porter d'une main une énorme assiette chaude et de l'autre une gigantesque cafetière d'argent. À cette pensée, un homme normal aurait flanché. Mais les bons maîtres d'hôtel ne flanchent jamais. Aussi monta-t-il sur l'escabeau encore, encore et encore, jusqu'à la toute dernière marche, sous le regard intéressé de la reine et de Sophie.

Peut-être toutes deux espéraient-elles en secret que le maître d'hôtel perdrait l'équilibre et tomberait par terre. Mais les bons maîtres d'hôtel ne tombent jamais.

Lorsqu'il fut parvenu au sommet de l'escabeau, M. Tibbs, en se balançant comme un acrobate, versa son café au BGG et posa devant lui l'énorme assiette qui contenait huit œufs sur le plat, douze saucisses, seize tranches de bacon et un gros tas de pommes de terre grillées.

– Qu'est-ce que c'est que tout ça, s'il vous plaît, Votre Majestueuse ? demanda le BGG en abaissant son regard vers la reine.

– Il n'a jamais rien mangé d'autre, dans sa vie, que le schnockombre qui a un goût répugnant, expliqua Sophie.

– Il semble que cela n'ait pas retardé sa croissance, fit remarquer la reine.

Le BGG empoigna la pelle, ramassa d'un seul coup les œufs, les saucisses, le bacon et les pommes de terre puis enfourna le tout dans son immense bouche.

– Pince, alors ! s'exclama-t-il, à côté de ça, le schnockombre n'est qu'une bourbailleuse immondissure !

La reine leva les yeux vers lui en fronçant les sourcils. M. Tibbs contempla le bout de ses chaussures et ses lèvres remuèrent en une prière muette.

– L'ennui, c'est que ce n'était qu'une toute petite mini-bouchée, reprit le BGG, il ne vous resterait pas un peu de cette délexquicieuse boustiffance dans votre garde-manger, par hasard ?

– Tibbs, allez chercher une autre douzaine d'œufs et de saucisses pour ce gentleman, ordonna la reine en montrant un sens de l'hospitalité authentiquement royal.

M. Tibbs s'éclipsa aussitôt en marmonnant pour lui-même quelques paroles incompréhensibles et en s'essuyant le front avec un mouchoir blanc.

Pendant ce temps, le BGG leva l'immense pot de porcelaine et but une gorgée de son contenu.

– Ouaach ! s'exclama-t-il en recrachant le tout à travers la salle de bal. Qu'est-ce que c'est que cette porchenaille qu'on me fait boire, Votre Majestueuse ?

– C'est du café, répondit la reine, fraîchement torréfié.

– C'est dégoûtable ! s'écria le BGG. Où est la frambouille ?

– La quoi ? demanda la reine.

– La savouricieuse pétillante frambouille, répondit le BGG, tout le monde doit boire de la frambouille au petit déjeuner, Majestueuse. Comme ça, après, on peut crépiter tous ensemble.

– Que veut-il dire ? s'étonna la reine en se tournant vers Sophie, les sourcils froncés. Qu'entend-il par crépiter ?

– BGG, dit alors Sophie en regardant le géant droit dans les yeux, il n'y a pas de frambouille ici et il est strictement interdit de crépiter.

– Quoi ? s'exclama le BGG, pas de frambouille ? Pas de crépitage ? Pas de mirabuleuse musique ? Pas de boum-boum-boum ?

– Certainement pas, répliqua Sophie d'un ton ferme.

– S'il veut chanter, ne l'en empêchez pas, dit la reine.

– Il ne veut pas chanter, assura Sophie.

– Il dit qu'il veut faire de la musique, poursuivit la reine. Faut-il que je fasse apporter un violon ?

– Oh non, Majesté, répondit Sophie, il plaisantait, simplement.

Un petit sourire malicieux se dessina alors sur les lèvres du BGG.

– Écoute, dit-il, en se penchant vers Sophie, même s'ils n'ont pas de frambouille dans ce palais je peux quand même parfaitement crépiter, si je m'applique bien.

– Non ! s'écria Sophie, ne faites pas ça ! Surtout pas ça ! Je vous en supplie !

– La musique est excellente pour la digestion, assura la reine. Lorsque je suis en Écosse, des joueurs de cornemuse donnent des concerts devant mes fenêtres pendant mes repas. Je vous en prie, jouez-nous donc quelque chose.

– J'ai la permission de Sa Majestueuse ! s'exclama le BGG.

Et il lâcha aussitôt un crépitage qui retentit dans la grande salle de bal comme si une bombe venait d'y exploser.

La reine sursauta.

– Youpiii ! s'écria le BGG. Voilà qui sonne autrement mieux que les cornes à muses, n'est-ce pas, Majestueuse ?

Il fallut quelques secondes à la reine pour se remettre du choc.

– Je préfère les cornemuses, dit-elle enfin.

Elle ne put s'empêcher cependant de sourire.

Pendant les vingt minutes qui suivirent, toute une troupe de valets de pied se relaya pour aller et venir de la salle de bal à la cuisine et apporter au BGG affamé et ravi une troisième, une quatrième, une cinquième portion d'œufs au plat et de saucisses.

Lorsque le BGG eut avalé son soixante-douzième œuf, M. Tibbs se glissa vers la reine.

– Majesté, murmura-t-il à son oreille après s'être respectueusement incliné jusqu'à terre, le chef de cuisine vous présente ses excuses, il ne lui reste plus un seul œuf.

– Les poules seraient-elles malades ? s'étonna la reine.

– Certes pas, Majesté, elles se portent à merveille, murmura M. Tibbs.

– Dans ce cas, dites-leur de pondre d'autres œufs, conclut la reine.

Puis, levant son regard vers le BGG :

– Prenez donc quelques toasts et de la marmelade, en attendant, dit-elle.

– Il n'y a plus de toasts, Majesté, murmura M. Tibbs et le chef dit qu'il ne lui reste plus la moindre miette de pain.

– Plus de pain ? Qu'il en fasse d'autre, dans ce cas, suggéra la reine.

Pendant tout ce temps, Sophie avait raconté à la reine et dans les moindres détails son voyage au pays des géants. La souveraine l'avait écoutée, l'air épouvanté. Et lorsque, enfin, la fillette eut terminé son récit, la reine leva les yeux vers le BGG, qui était toujours assis loin au-dessus d'elle, et mangeait à présent du savarin.

– Bon Gros Géant, dit-elle, ces monstres mangeurs d'hommes sont venus en Angleterre la nuit dernière, mais pourriez-vous vous rappeler où ils étaient allés la nuit précédente ?

Le BGG enfourna un savarin entier dans son immense bouche et mâcha lentement en pensant à la question qui venait de lui être posée.

– Oui, Majestueuse, dit-il enfin, je crois bien que je me souviens ; ils m'ont dit qu'ils s'en allaient galoper en Suède pour manger des hommes de terre à l'aquavit.

– Qu'on aille me chercher un téléphone, ordonna la reine.

M. Tibbs en posa bientôt un sur la table.

– Appelez-moi le roi de Suède, dit la reine après avoir décroché le combiné.

La communication fut établie.

– Bonjour, lança la reine, est-ce que tout va bien en Suède ?

– Oh non, tout va mal, répondit le roi de Suède, la panique s'est emparée de la capitale ! Avant-hier, trente-six de mes fidèles sujets ont disparu en pleine nuit. Le pays tout entier est plongé dans l'épouvante !

– Eh bien, vos trente-six fidèles sujets ont été mangés par des géants, annonça la reine. Apparemment, ils aiment les Suédois.

– Et pourquoi aiment-ils les Suédois particulièrement ? s'étonna le roi de Suède.

– Parce que les Suédois ont un goût d'aquavit, répondit la reine, c'est ce que dit le BGG.

– Je ne sais pas de quoi vous parlez, répliqua le roi de Suède d'un ton soudain revêche, il n'y a pas de quoi plaisanter lorsque vos fidèles sujets sont dévorés comme du pop-corn.

– Ils ont également mangé quelques-uns des miens, dit la reine.

– Mais de qui s'agit-il, au nom du ciel ? s'exclama le roi de Suède.

– Ce sont des géants, expliqua la reine.

– Dites-moi, reprit le roi de Suède, est-ce que vous vous sentez bien ?

– J'ai eu une rude matinée, répondit la reine, tout a commencé par un épouvantable cauchemar, puis ma servante a laissé tomber le plateau du petit déjeuner et maintenant, il y a un géant assis sur le piano.

– Vous avez besoin de consulter un docteur, c'est urgent ! s'écria le roi de Suède.

– Ne vous inquiétez pas, tout ira bien, assura la reine, il faut que je vous quitte à présent, merci de votre aide.

Elle raccrocha.

– Ton BGG a raison, dit la reine à Sophie, ces neuf monstres mangeurs d'hommes sont bel et bien allés en Suède.

– C'est horrible ! Il faut que vous fassiez quelque chose, Majesté ! s'écria Sophie.

– Je voudrais procéder à une nouvelle vérification avant de faire appel à l'armée, dit la reine.

Une fois encore, elle leva le regard vers le BGG qui était occupé à manger des beignets par paquets de dix en les enfournant dans sa bouche comme s'il se fût agi de petits pois.

– Réfléchissez bien, BGG, lui dit la souveraine et essayez de vous rappeler où sont allés ces horribles géants il y a trois jours ?

Le BGG fit un gros effort de mémoire puis :

– Ho, ho ! Ça y est ! s'exclama-t-il enfin, je me souviens !

– Où était-ce ? demanda la reine.

– Il y en a un qui est parti à Bagdad, répondit le BGG, c'était l'Avaleur de chair fraîche ; en passant devant ma caverne, il m'a fait un signe de la main et il m'a crié : « Je m'en vais à Bagdad manger des hommes de terre à l'huile ! »

La reine décrocha de nouveau le téléphone.

– Appelez-moi le lord-maire de Bagdad, dit-elle, et s'ils n'ont pas de lord-maire, trouvez-moi ce qu'il y a de mieux dans le genre.

Cinq secondes plus tard, une voix parla à l'autre bout du fil.

– Ici, le sultan de Bagdad, annonça la voix.

– Dites-moi, sultan, est-ce qu'il s'est passé quelque chose de fâcheux dans votre ville il y a trois jours ? demanda la reine.

– Il se passe chaque jour des choses fâcheuses à Bagdad, répondit le sultan, on y coupe des têtes aussi souvent que vous coupez du bois.

– Je n'ai jamais coupé de bois, dit la reine, et je veux seulement savoir si quelqu'un a disparu récemment à Bagdad.

– Mon oncle, le calife Omar al Rashid, a disparu de son lit en pleine nuit ainsi que sa femme et ses dix enfants. Cela s'est passé il y a trois jours, indiqua le sultan.

– Nous y voilà ! s'exclama le BGG, dont les merveilleuses oreilles lui permettaient d'entendre tout ce que le sultan disait à la reine, c'est un coup de l'Avaleur de chair fraîche ! Il m'a dit qu'il voulait manger des hommes de terre à l'huile d'al Rashid avec du Omar !

La reine reposa le combiné sur sa fourche.

– La preuve est là, dit-elle, la tête levée vers le BGG, votre histoire me semble tout à fait vraie. Que l'on convoque immédiatement le chef d'état-major de l'armée de terre et celui des forces aériennes !

LE PLAN

Le chef d'état-major de l'armée de terre et son collègue de l'aviation se tenaient au garde-à-vous devant la table à laquelle la reine avait pris son petit déjeuner. Sophie était toujours assise sur sa chaise et le BGG sur son extravagant perchoir.

La reine ne mit pas plus de cinq minutes à expliquer la situation à ses chefs militaires.

– Je savais qu'il se passait quelque chose comme cela, assura le chef de l'armée de terre. Il y a maintenant une bonne dizaine d'années que nous recevons des rapports, en provenance de presque tous les pays du monde, qui font état de mystérieuses disparitions en pleine nuit. Nous en avons encore reçu un il y a à peine quelque jours qui venait de Panama…

– À cause du goût de chapeau ! s'exclama le BGG.

– Et un autre de Wellington, en Nouvelle-Zélande, continua le chef de l'armée de terre.

– À cause du goût de général anglais ! intervint de nouveau le BGG.

– Mais de quoi parle-t-il donc ? demanda le chef de l'armée de terre.

– Je vous laisse le soin de le deviner vous-même, répondit la reine. Quelle heure est-il ? Dix heures. Dans huit heures, maintenant, ces neuf brutes assoiffées de sang s'en iront galoper je ne sais où pour y dévorer deux douzaines de malheureux innocents. Il faut les arrêter. Nous devons agir vite.

– Il n'y a qu'à bombarder ces canailles ! s'exclama le chef de l'armée de terre.

– Nous les hacherons menu à la mitrailleuse, s'écria le chef de l'aviation.

– Je n'approuve pas le meurtre, dit la reine.

– Mais ce sont eux-mêmes des meurtriers, fit remarquer le chef de l'armée de terre.

– Ce n'est pas une raison pour suivre leur exemple, répliqua la reine, ce ne sont pas deux torts conjugués qui feront valoir le bon droit.

– Et deux bons droits ne font pas un bon gauche ! s'exclama le BGG.

– Il faut les ramener vivants, reprit la reine.

– Mais comment ? demandèrent en même temps les deux chefs militaires. Ils font tous quinze mètres de haut, ils nous balaieraient comme un jeu de quilles !

– Attendez ! s'écria le BGG. Freine des quatre fers, reine des cafetières ! J'ai la réponse du berger à la mégère !

– Écoutons-le, dit la reine.

– Chaque après-midi, reprit le BGG, tous ces géants sont au pays des grèves.

– Je ne comprends rien à ce que dit ce lascar, lança le chef de l'armée de terre, pourquoi ne s'exprime-t-il pas clairement ?

– Il veut dire le pays des rêves, expliqua Sophie, ça me paraît évident.

– Précise et ment, poursuivit le BGG, chaque après-midi, tous ces neuf géants s'allongent par terre et ronflent comme des sonneurs. Ils dorment toujours ainsi avant de s'en aller galoper ailleurs pour s'empiffrer d'un autre paquet d'hommes de terre.

– Et alors ? dirent les autres. Continuez.

– Et alors, vos soldats n'auront qu'à ramper jusqu'à eux pendant qu'ils sont au pays des grèves et leur attacher bras et jambes avec de grosses cordes et des chaînes solides.

– Très astucieux, commenta la reine.

– Tout cela est très bien, intervint le chef de l'armée de terre, mais comment allons-nous faire pour ramener ces brutes ici ? On ne peut pas charger des géants de quinze mètres sur des camions ! Il vaut mieux les abattre sur place, voilà mon idée !

Du haut de son perchoir, le BGG pencha la tête vers les deux militaires et, s'adressant au chef de l'aviation :

– Vous avez des hernigropères, n'est-ce pas ? demanda-t-il.

– Mais il devient grossier ! s'indigna le chef de l'aviation.

– Il veut dire des hélicoptères, rectifia Sophie.

– Et pourquoi ne le dit-il pas ? Bien sûr que nous avons des hélicoptères.

– Des bigrement gros hernigropères ? interrogea le BGG.

– De très gros, affirma fièrement le chef de l'aviation, mais aucun hélicoptère n'est assez grand pour contenir un de ces géants.

– Pas la peine de le mettre dedans, assura le BGG, il suffit de l'accrocher sous le ventre de votre hernigropère et de le porter comme une portille.

– Comme une quoi ? demanda le chef de l'aviation.

– Comme une torpille, précisa Sophie.

– Pourriez-vous réaliser cela, général ? interrogea la reine.

– Je pense que oui, répondit le militaire comme à contrecœur.

– Alors, au travail ! ordonna la reine, vous aurez besoin de neuf hélicoptères, un pour chaque géant.

– Où se trouvent-ils exactement ? demanda au BGG le chef de l'aviation. Je suppose que vous pourriez localiser l'endroit sur une carte ?

– Localiser ? répéta le BGG. Une carte ? Je n'ai jamais entendu ces mots-là ! Est-ce que cet homme de l'air est en train de me raconter des badivernages ?

Le visage du chef d'état-major des forces aériennes prit la teinte d'une prune bien mûre : il n'avait guère l'habitude d'entendre qualifier ses propos de badivernages. La reine vint à son secours avec le tact et le bon sens qui lui étaient coutumiers.

– BGG, dit-elle, pourriez-vous nous dire où se trouve, *à peu près*, le pays des géants ?

– Non, Majestueuse, répondit le BGG, j'avais de la mie !

– C'est absurde ! s'écria le chef de l'armée de terre.

– Tout à fait ridicule ! renchérit le chef de l'aviation.

– Il ne faut pas abandonner si vite, dit posément le BGG, au premier minuscule petit nobstacle, vous voilà tout déconfiturés.

Le chef de l'armée de terre, pas plus que le chef de l'aviation, n'avait l'habitude d'être insulté. Son visage se mit à enfler sous l'effet de la fureur et ses joues se gonflèrent jusqu'à ressembler à deux grosses tomates bien mûres.

– Majesté ! s'écria-t-il, nous sommes en train de parler avec un fou ! Je ne veux plus rien avoir à faire dans cette ridicule opération !

La reine, habituée aux colères de ses hauts fonctionnaires, ignora complètement son intervention.

– BGG, dit-elle, voudriez-vous expliquer à ces deux lourdauds ce qu'il convient de faire exactement.

– Avec plaisir, Majestueuse, répondit le BGG, et maintenant, écoutez-moi bien, vous, les deux embottés.

Les deux chefs tiquèrent mais ne bronchèrent pas.

– Je n'ai pas la moindre idée de l'endroit où se trouve le pays des géants, poursuivit le BGG, mais je sais y aller. J'en pars et j'y reviens chaque nuit pour aller souffler mes rêves dans les chambres des mouflets. Je connais très bien le chemin. Alors, tout ce que vous aurez à faire c'est ceci : faites envoyer neuf de vos gros hernigropères dans les airs et qu'ils me suivent pendant que je galope là-bas.

– Combien de temps durera le voyage ? demanda la reine.

– Si nous partons maintenant, répondit le BGG, nous arriverons juste au moment où les géants piquent leur roupillon.

– Parfait, dit la reine, puis, se tournant vers les deux chefs de guerre, elle ajouta : préparez-vous à partir immédiatement.

– Tout cela est très bien, Majesté, mais que ferons-nous de ces canailles lorsque nous les aurons ramenées ? demanda le chef de l'armée de terre, passablement vexé par tout ce qui venait de se passer.

– Ne vous en faites pas pour cela, répondit la reine, nous nous en occuperons. Et maintenant, dépêchez-vous. Il faut partir !

– Si Votre Majesté y consent, dit Sophie, je voudrais bien faire le voyage avec le BGG pour lui tenir compagnie.

– Et où te mettras-tu ? demanda la reine.

– Dans son oreille, répondit Sophie. Montrez-leur, BGG.

Le BGG descendit de sa grande chaise, prit Sophie entre le pouce et l'index, fit pivoter son immense oreille droite jusqu'à ce qu'elle soit parallèle au sol, puis y déposa doucement la fillette. Le chef d'état-major de l'armée de terre et son collègue de l'aviation regardèrent se dérouler l'opération avec des yeux ébahis.

La reine, quant à elle, se contenta de sourire.

– Vous êtes un géant plutôt merveilleux, dit-elle.

– Majestueuse, j'ai quelque chose de très spécial à vous demander, déclara alors le BGG.

– De quoi s'agit-il ? interrogea la reine.

– Est-ce que je pourrais rapporter dans l'hernigropère ma collection de rêves ? J'ai mis des années et des années à les rassembler et je ne voudrais pas les perdre.

– Mais bien entendu, assura la reine, et maintenant, je vous souhaite un bon voyage.

LA CAPTURE

Le BGG avait fait des milliers de voyages entre le pays des géants et d'autres contrées, mais jamais encore il n'avait été accompagné dans sa course par neuf hélicoptères vrombissant au-dessus de sa tête. Il n'avait non plus jamais voyagé en plein jour, n'ayant jamais osé prendre ce risque. Mais cette fois, c'était différent : il le faisait pour la reine d'Angleterre elle-même et il n'avait plus peur de personne.

Tandis qu'il traversait les îles Britanniques au triple galop, suivi par les hélicoptères qui rugissaient au-dessus de lui, les habitants stupéfaits le regardaient passer en se demandant bien ce qui leur arrivait. Ils n'avaient encore jamais rien vu de semblable et sans doute ne le reverraient-ils plus jamais.

De temps en temps, les pilotes des hélicoptères apercevaient une petite fille portant des lunettes qui se tenait accroupie dans l'oreille droite du géant en leur faisant des signes de la main, et chaque fois, ils répondaient en agitant la main à leur tour. Les pilotes étaient émerveillés par la vitesse du géant, et par l'aisance avec laquelle il traversait d'un bond de larges fleuves ou sautait par-dessus de hautes maisons.

Mais ils n'avaient encore rien vu.

– Attention, tiens-toi bien, dit le BGG à Sophie, on va partir comme un obus !

Le BGG passa alors sa fameuse vitesse supérieure et s'élança à toute allure comme s'il avait eu des ressorts dans les jambes et des fusées dans les orteils. Il filait à la surface de la terre comme porté par une force magique qui lui faisait avaler les distances, ses pieds touchant à peine le sol. Cette fois encore, Sophie dut se recroqueviller dans un repli de l'oreille pour éviter d'être emportée par le vent.

Quant aux neuf pilotes, dans leurs hélicoptères, ils se rendirent compte soudain que le BGG était en train de les distancer, il prenait rapidement de l'avance et ils durent mettre pleins gaz pour parvenir tout juste à le suivre.

Dans l'appareil de tête, le chef d'état-major de l'aviation était

assis à côté du pilote. Un atlas ouvert sur les genoux, il regardait alternativement les cartes et le sol qui défilait au-dessous de lui pour essayer de se repérer.

– Mais où diable sommes-nous ! s'exclama-t-il en tournant frénétiquement les pages de l'atlas.

– Je n'en ai pas la moindre idée, répondit le pilote, la reine a donné l'ordre de suivre le géant et c'est exactement ce que je suis en train de faire.

Le pilote était un jeune officier arborant une paire de moustaches bien fournies dont il tirait grande fierté. On peut ajouter qu'il n'avait peur de rien et qu'il aimait l'aventure. Or c'était là une extraordinaire aventure qu'il était en train de vivre.

– C'est amusant de découvrir des endroits inconnus, dit-il.

– Des endroits inconnus ? s'écria le chef de l'aviation. Que diable entendez-vous par « des endroits inconnus » ?

– L'endroit que nous survolons ne figure pas dans l'atlas, n'est-ce pas ? demanda le pilote avec un large sourire.

– Vous avez bougrement raison, il n'est pas dans l'atlas ! s'exclama le chef de l'aviation. Nous sommes allés au-delà de la dernière page !

– J'espère que ce vieux géant sait où il va, ajouta le jeune pilote.

– Il nous mène au désastre ! s'écria le chef de l'aviation, en tremblant de peur.

Assis derrière lui, le chef d'état-major de l'armée de terre était encore plus terrifié.

– Vous ne voulez tout de même pas dire que nous sommes sortis de l'atlas ? s'exclama-t-il en se penchant en avant, pour regarder dans le livre.

– C'est exactement ce que j'ai dit ! répondit le chef de l'aviation. Regardez vous-même. Ceci est la dernière carte de ce fichu atlas ! Et ça fait une heure que nous en sommes sortis.

Il tourna la page et, comme dans tous les atlas, les deux dernières pages étaient blanches.

– À présent, nous devons être quelque part par là, dit le chef de l'aviation en posant son doigt sur l'une des pages blanches.

– Et où est-ce ? s'inquiéta le chef de l'armée de terre.

– C'est pour ça qu'il y a toujours deux pages blanches à la fin des atlas, intervint le pilote sans se départir de son large sourire, c'est pour les nouveaux pays, comme ça, on peut en dessiner la carte soi-même.

Le chef de l'aviation jeta un coup d'œil vers le sol.

– Regardez-moi ce satané désert ! lança-t-il. Il n'y a que des arbres morts et des rocs bleuâtres.

– Le géant s'est arrêté, annonça le jeune pilote, il nous fait signe d'atterrir.

Les pilotes réduisirent les gaz et les neuf hélicoptères se posèrent sans encombre sur la vaste terre jaunâtre et désolée. Puis de chacun des appareils on abaissa une rampe d'accès qui permit de descendre neuf jeeps au sol. Six soldats, équipés d'une quantité considérable de grosses cordes et de lourdes chaînes, occupaient chacune des jeeps.

– Je ne vois pas de géants, remarqua le chef de l'armée de terre.

– Ils sont là-bas, hors de vue, expliqua le BGG. Si vous vous approchiez d'eux en faisant tout un tintouintamarre avec vos hernigropères, tous les géants se réveilleraient et hop ! adieu l'oiseau !

– Vous voulez qu'on aille là-bas en jeep ? demanda le chef de l'armée de terre.

– Oui, répondit le BGG, mais il faut faire silence motus, pas de bruit de moteur, pas de cris, pas de remue-ménage, pas de chat qui varie.

Le BGG se mit alors en chemin, Sophie toujours assise dans son oreille, et avança en petites foulées, suivi par les neuf jeeps.

Et soudain, tout le monde entendit un terrible grondement. Le visage du chef de l'armée de terre devint verdâtre.

– Ce sont des coups de feu ! s'écria-t-il. Il y a une bataille qui fait rage quelque part là-bas ! Demi-tour, tout le monde ! Filons d'ici !

– Fournaises ! lança le BGG. Ce ne sont pas des coups de feu.

– Bien sûr que si ! s'exclama le chef de l'armée de terre. Je suis un soldat, et je sais reconnaître un coup de feu quand j'en entends un ! Demi-tour !

– Ce ne sont que les géants qui ronflent en dormant, expliqua le BGG. Je suis un géant moi-même et je sais reconnaître un ronflement de géant quand j'en entends un.

– Vous êtes sûr ?

– Absolument certain, répondit le BGG.

– Bon, mais avançons prudemment, ordonna le chef de l'armée de terre.

Toute la troupe se remit alors en mouvement. Et soudain, les géants furent en vue !

Même à bonne distance, le spectacle qu'ils offraient suffit à inspirer de la crainte aux soldats. Mais lorsqu'ils se furent approchés d'eux et qu'ils virent vraiment les neuf monstres, la terreur les fit transpirer. Les épouvantables brutes à demi nues, avec leurs quinze mètres chacune, exposaient leur laideur repoussante, vautrées sur le sol dans des positions grotesques, profondément endormies et ronflant avec un bruit d'enfer qu'on aurait pu prendre en effet pour le feu roulant d'une bataille.

Le BGG leva une main, les jeeps s'arrêtèrent et les soldats en sortirent.

– Que se passerait-il, si l'un d'eux se réveillait ? murmura le chef de l'armée de terre dont les genoux s'entrechoquaient sous l'effet de la peur.

– Si l'un d'eux se réveille, il vous aura avalé avant que vous n'ayez eu le temps de dire plouf, répondit le BGG avec un sourire jovial, et moi, c'est le seul qui ne sera pas avalé parce que les géants ne mangent pas les autres géants. Sophie et moi, nous sommes les seuls en sécurité parce que je la cacherai si les choses vont mal.

Le chef de l'armée de terre fit plusieurs pas en arrière, imité par le chef de l'aviation. Ils remontèrent très vite dans leur jeep, prêts à s'enfuir en cas de nécessité.

– En avant, soldats ! dit le chef de l'armée de terre. En avant, et faites bravement votre devoir !

Les soldats s'avancèrent avec précaution, munis de leurs cordes et de leurs chaînes. Ils tremblaient de tout leur corps et personne n'osait dire un mot.

Le BGG, en compagnie de Sophie qui se tenait à présent dans la paume de sa main, restait à proximité, observant le déroulement de l'opération.

Pour rendre justice aux soldats, il faut dire qu'ils se montrèrent très courageux. Six hommes bien entraînés et efficaces s'occupaient de chaque géant et, dix minutes plus tard, huit des géants avaient été ficelés comme des saucissons et continuaient de ronfler béatement, sans s'être aperçus de rien. Mais le neuvième, qui se trouvait être l'Avaleur de chair fraîche, causait bien du souci aux soldats : il était, en effet, couché sur son bras qu'il avait ainsi coincé sous son énorme masse ; or, il était impossible de lui lier les mains sans tout d'abord dégager ce bras.

Avec d'infinies précautions, les six soldats qui avaient la charge de l'Avaleur de chair fraîche se mirent à tirer sur le bras immense pour essayer de l'écarter du corps du géant. Mais à ce moment, le monstre ouvrit ses petits yeux porcins aux iris noirs.

– Quel est le fils de mule qui me tire le bras ? rugit-il. C'est toi, Étouffe-Chrétien, vieux détritus ?

Puis soudain, il vit les soldats. En un éclair, il se redressa et regarda autour de lui. Apercevant encore d'autres soldats, il poussa un grognement et bondit sur ses pieds. Paralysés par la peur, les militaires s'immobilisèrent sur place. Ils n'avaient aucune arme avec eux. Le chef de l'armée de terre, quant à lui, passa la marche arrière de sa jeep.

– Des hommes de terre ! s'écria l'Avaleur de chair fraîche. Qu'est-ce que ces selles à rats d'hommes de terre mal cuits sont venus faire ici ?

Il tendit alors le bras vers un soldat et l'attrapa.

– Je vais souper de bonne heure, aujourd'hui ! s'exclama-t-il en tenant à bout de bras le malheureux soldat pris au piège.

Puis il éclata d'un rire qui ressemblait à un rugissement.

Sophie, qui se tenait debout sur la main du BGG, fut frappée d'horreur.

– Faites quelque chose ! s'écria-t-elle. Vite, avant qu'il le mange !

– Pose cet homme de terre par terre ! s'exclama le BGG.

L'Avaleur de chair fraîche se retourna et fixa son regard sur lui.

– Qu'est-ce que tu fais ici avec tous ces énergugusses, toi ? beugla-t-il. Je suis très soupçonnicieux !

Le BGG se précipita sur l'Avaleur de chair fraîche, mais l'énorme géant de quinze mètres le fit tomber à la renverse d'un simple geste de son bras libre. En même temps, Sophie tomba de la main du BGG et se retrouva par terre. Son cerveau se mit à fonctionner à toute vitesse : il fallait qu'elle fasse quelque chose ! Il le fallait ! Il le fallait ! Elle se rappela alors la broche de saphir que la reine avait épinglée sur sa poitrine. Elle la défit aussitôt.

– Je vais te déguster lentement ! dit l'Avaleur de chair fraîche au soldat qu'il tenait dans la main, et ensuite j'avalerai dix ou vingt autres de ces petits asticots rabougris là, en bas ! Et n'essayez pas de prendre le large, je galope cinquante fois plus vite que vous !

Sophie courut vers l'Avaleur de chair fraîche en prenant soin de rester derrière lui. Elle avait la broche à la main et lorsqu'elle fut arrivée tout près de l'immense jambe poilue, elle enfonça aussi fort qu'elle put, dans la cheville droite du géant, l'épingle de dix centimètres de long qui servait à agrafer la broche. L'épingle pénétra profondément dans la chair et y resta coincée.

L'Avaleur de chair fraîche poussa alors un rugissement de douleur et fit un grand bond en l'air. Du même coup, il lâcha le soldat et porta les mains à sa cheville.

Le BGG, sachant à quel point l'Avaleur de chair fraîche était peureux, saisit aussitôt l'occasion.

– C'est un serpent qui t'a mordu ! hurla-t-il. Je l'ai vu te mordre ! Un affreux serpent vermineux ! Un effroyable serpent à sornettes !

– Sauve qui peut ! beugla l'Avaleur de chair fraîche. Prends le bas du combat ! Je m'ai fait mordre par un vermineux serpent à sornettes !

Puis il se laissa tomber par terre et resta assis là, à pousser des hurlements, les deux mains serrées autour de sa cheville. Ses doigts sentirent alors la broche.

– La dent de l'effroyable serpent à sornettes est restée dans ma cheville ! hurla-t-il. Je sens sa dent dans ma peau !

Le BGG saisit aussitôt cette seconde occasion.

– Il faut tout de suite enlever cette dent de serpent ! s'écria-t-il, sinon, tu seras bientôt plus mort qu'une soupe au canard ! Je vais t'aider !

Le BGG s'agenouilla auprès de l'Avaleur de chair fraîche.

– Tiens ta cheville bien serrée avec tes deux mains, recommanda-t-il, pour empêcher le jus de poison du vermineux serpent à sornettes de remonter dans ta jambe jusqu'à ton cœur.

L'Avaleur de chair fraîche resserra l'étreinte de ses mains sur sa cheville.

– Maintenant, dit le BGG, ferme les yeux, serre les dents, lève la tête au ciel et fais tes prières pendant que j'enlève la dent du serpent vermineux.

Terrifié, l'Avaleur de chair fraîche fit exactement ce qu'on lui disait.

D'un signe de la main, le BGG demanda alors qu'on lui donne une corde. Un soldat lui en lança une aussitôt. Avec les deux mains de l'Avaleur de chair fraîche agrippées à sa cheville, il n'était pas difficile au BGG de tout ligoter en même temps, mains et pieds, avec un nœud bien serré.

– Je vais t'enlever l'effroyable dent de serpent, dit le BGG et en même temps, il noua solidement la corde autour des mains et des chevilles du monstre.

– Dépêche-toi ! s'écria l'Avaleur de chair fraîche, avant que je sois empoisonné à mort !

– Voilà, c'est fait, annonça le BGG en se relevant, tu peux jeter un coup d'œil à présent.

Et lorsqu'il se rendit compte qu'il était ficelé comme une volaille, l'Avaleur de chair fraîche poussa un hurlement qui fit trembler le ciel. Il se roula sur lui-même, se tordit en tous sens, se débattit, se trémoussa, se tortilla et se tirebouchonna, mais il n'y avait rien à faire.

– Bien joué ! cria Sophie au BGG.

– Bien joué toi ! répondit le BGG en souriant à la fillette. Tu as sauvé la vie de tout le monde.

– Vous voulez bien récupérer la broche, s'il vous plaît ? demanda Sophie. Elle appartient à la reine.

Le BGG retira la magnifique broche de saphir de la cheville du monstre qui hurla de douleur. Puis, le Bon Gros Géant essuya l'épingle et rendit le bijou à Sophie.

Curieusement, aucun des huit autres géants ne s'était réveillé durant tout ce charivari.

– Quand on ne dort qu'une ou deux heures par jour, on dort deux fois plus profond, expliqua le BGG.

Le chef d'état-major de l'armée de terre et son collègue de l'aviation reparurent au volant de leur jeep.

– Sa Majesté sera contente de moi, déclara le chef de l'armée de terre, j'obtiendrai probablement une décoration. Et maintenant, que fait-on ?

– Maintenant, on va tous dans ma caverne pour déménager mes bocaux de rêves, dit le BGG.

– On ne va pas perdre du temps pour ces sottises, protesta le militaire.

– C'est un ordre de la reine, rappela Sophie qui avait retrouvé sa place dans la main du BGG.

Et les neuf jeeps se dirigèrent donc vers la caverne où commença l'opération du déménagement des rêves. En tout, il y avait cinquante mille bocaux qu'il fallut charger dans les voitures, ce qui représentait plus de cinq mille bocaux pour chaque jeep. Il fallut une heure pour achever le travail.

Tandis que les soldats chargeaient les rêves, Sophie et le BGG disparurent derrière les montagnes pour une mystérieuse destination. Lorsqu'ils revinrent, le BGG portait sur l'épaule un sac de la taille d'une petite maison.

– Qu'est-ce que vous transportez là-dedans ? exigea de savoir le chef de l'armée de terre.

– C'est la curiosité qui fait prendre le rat au piège, répliqua le BGG.

Puis il tourna le dos à l'imbécile.

Lorsqu'il se fut assuré que tous ses précieux rêves étaient bien rangés dans les jeeps, le BGG dit :

– Maintenant, nous allons retourner aux hernigropères et emporter les affreux géants.

Les jeeps revinrent alors vers les hélicoptères à l'intérieur desquels les cinquante mille rêves furent soigneusement déposés. Les soldats remontèrent à bord, mais Sophie et le BGG restèrent au sol, et retournèrent auprès des neuf géants ligotés, suivis par les hélicoptères.

C'était un spectacle assez réjouissant de voir ces neuf grosses machines volantes rester suspendues dans les airs au-dessus des géants ligotés. Il fut encore plus réjouissant de voir les monstres s'éveiller en entendant le terrifiant vacarme des moteurs au-dessus de leurs têtes, mais le comble de la joie, ce fut le spectacle de ces neuf brutes hideuses qui se tordaient et se trémoussaient sur le sol comme des serpents gigantesques en essayant de se libérer de leurs cordes et de leurs chaînes.

– Je suis entortillé ! rugit l'Avaleur de chair fraîche.

– Je suis tirebouchonné ! s'écria le Mâcheur d'enfants.

– Je suis tarabistourné ! brailla le Croqueur d'os.

– Je suis tortillonné ! meugla l'Étouffe-Chrétien.

– Je suis escogriffé ! vociféra l'Empiffreur de viande.

– Je suis éboucraillé ! s'époumona l'Écrabouilleur de donzelles.

– Je suis déchiqueturé ! mugit le Gobeur de gésiers.

– Je suis délacéré ! s'égosilla le Buveur de sang.

– Je suis désarticulé ! glapit le Garçon boucher.

Chacun des neuf hélicoptères gros porteurs choisit un géant

et se dirigea droit sur lui. À l'avant et à l'arrière de chacun des appareils, on descendit des filins d'acier munis à leur extrémité de crochets auxquels le BGG attacha soigneusement les chaînes des géants, un crochet étant passé à hauteur des pieds et un autre à hauteur des mains. Puis, très lentement, on remonta les filins à l'aide de treuils en prenant bien soin que le corps de chacun des géants restât parallèle au sol. Les monstres se mirent à rugir et à vociférer, mais ils ne purent rien faire d'autre.

Alors, le BGG, en compagnie de Sophie toujours confortablement installée dans son oreille, s'élança au galop en direction de l'Angleterre. Les hélicoptères se regroupèrent derrière lui et le suivirent.

Ces neuf hélicoptères volant dans le ciel, en emportant chacun un géant de quinze mètres ficelé comme un saucisson, offraient un spectacle saisissant. Les géants eux-mêmes devaient sans doute trouver l'expérience intéressante. Pendant tout le voyage, ils ne cessèrent jamais de hurler, mais leurs cris étaient couverts par le bruit des moteurs.

Lorsque le jour commença de tomber, on alluma sous les hélicoptères de puissants projecteurs dont on dirigea le faisceau sur le géant qui courait pour ne pas le perdre de vue. L'escadrille traversa la nuit sans encombre, et arriva en Angleterre à l'heure où l'aube pointait.

L'HEURE DU REPAS

Tandis que l'on s'était occupé de capturer les géants, un impressionnant remue-ménage avait eu lieu en Angleterre. On y avait mobilisé tous les terrassiers et toutes les pelleteuses du pays pour creuser l'immense trou dans lequel les géants allaient être gardés à jamais prisonniers.

Dix mille hommes et dix mille machines avaient travaillé sans relâche tout au long de la nuit, éclairés par de puissants projecteurs à arcs, et la tâche gigantesque fut achevée juste à temps.

Le trou lui-même était deux fois plus grand qu'un terrain de football et profond de cent cinquante mètres. Les parois en étaient parfaitement verticales et les ingénieurs avaient calculé qu'il serait rigoureusement impossible à un géant de s'en échapper une fois qu'on l'y aurait mis. Même si les neuf géants montaient sur les épaules les uns des autres, le géant le plus élevé se trouverait à quinze mètres au-dessous de la surface du trou.

Les neuf hélicoptères gros porteurs survolèrent l'immense fosse au fond de laquelle les géants furent descendus un par un. Ils étaient toujours ligotés, cependant, et le moment vint où il fallut imaginer le moyen de les libérer de leurs liens. Personne ne voulait descendre au fond du trou pour s'en charger car, une fois détaché, le géant se serait jeté sans aucun doute sur le malheureux et l'aurait aussitôt dévoré.

Ce fut le BGG qui, comme d'habitude, apporta la solution.

– Je vous ai déjà dit que les géants ne mangent jamais d'autres géants, rappela-t-il, c'est donc moi qui vais descendre dans le trou et les libérer avant que vous ayez eu le temps de dire flouf.

On descendit donc le BGG au bout d'une corde, sous le regard fasciné de milliers de spectateurs et de la reine elle-même qui observaient ce qui se passait au fond de la fosse. Un par un, le BGG libéra les géants qui se relevèrent, étirèrent leurs bras et leurs jambes ankylosés puis se mirent à faire des bonds furieux.

– Pourquoi est-ce qu'on nous met dans ce trou bourbailleux ? s'écrièrent-ils à l'adresse du BGG.

– Parce que vous vous empiffrez d'hommes de terre, répondit celui-ci. Je vous ai toujours dit qu'il ne fallait pas faire ça mais vous ne m'avez jamais accordé le moindre petit mini-bout d'attention.

– Dans ce cas, brailla l'Avaleur de chair fraîche, c'est toi que nous allons dévorer à la place.

Le BGG agrippa aussitôt la corde qui pendait et fut hissé juste à temps hors de la fosse.

Par terre, au bord du trou, était posé le gros sac qu'il avait rapporté du pays des géants.

– Qu'y a-t-il à l'intérieur ? lui demanda la reine.

Le BGG fourra alors la main dans le sac et en retira un objet de la taille d'un homme et dont la surface était recouverte de rayures noires et blanches.

– Ce sont des schnockombres ! annonça-t-il. Voici le répugnable schnockombre, Majestueuse, et c'est ce que nous donnerons à manger à ces horribles géants, désormais.

– Puis-je y goûter ? demanda la reine.

– Oh non, Majestueuse, ne faites pas ça ! s'écria le BGG. Le schnockombre a un goût exécrasseux et ignominable !

Il lança alors le schnockombre aux géants prisonniers de la fosse.

– Voici votre souper ! leur cria-t-il. Mâchonnez-moi ça un peu pour voir !

Puis il prit un autre schnockombre dans le sac et le leur jeta également tandis que montaient du fond du trou les hurlements et les jurons que poussaient les neuf monstres.

– Ça leur fera les pieds, les mains et la tête ! lança le BGG en éclatant de rire.

– Et que leur donnerons-nous à manger, quand il n'y aura plus de schnockombre ? lui demanda la reine.

– Il y en aura toujours, Majestueuse, répondit le BGG avec un sourire, car j'ai également apporté dans ce sac tout un tas de pieds de schnockombres que je vais confier, avec votre permission, au jardinier royal pour qu'il les plante. Ainsi, nous aurons toujours largement assez du répugnable légume pour donner à manger à ces brutes sanguignaires.

– Vous êtes décidément très astucieux, remarqua la reine. Sans doute votre éducation laisse-t-elle à désirer, mais pour l'intelligence, je vois que vous n'avez de comptes à rendre à personne.

L'AUTEUR

De tous les pays, qui avaient été un jour ou l'autre visités par les épouvantables géants mangeurs d'hommes, parvinrent au BGG et à Sophie des télégrammes de félicitations et de remerciements. Des rois, des présidents, des Premiers ministres et d'autres chefs d'État prodiguèrent compliments et marques de gratitude à l'énorme géant et à la petite fille et leur envoyèrent également toutes sortes de médailles et de cadeaux.

Le gouvernement indien fit notamment parvenir au BGG un magnifique éléphant, comblant ainsi un de ses souhaits les plus chers.

Le roi d'Arabie envoya deux chameaux, un pour Sophie, un pour le géant.

Le lama du Tibet leur envoya deux lamas.

L'État de Panama leur fit don de superbes chapeaux.

Le roi de Suède leur adressa un tonneau d'aquavit.

Ils reçurent également des pull-overs des îles Shetland.

Et, d'une manière générale, le monde entier leur exprima une reconnaissance sans bornes.

La reine d'Angleterre elle-même ordonna que l'on construise immédiatement, près de son propre château, à Windsor Great Park, une maison spéciale aux plafonds d'une hauteur impressionnante et aux portes immenses, afin que le BGG puisse avoir

un foyer. Juste à côté, on éleva une jolie petite maison pour Sophie. Dans la maison du BGG, une pièce spéciale, pour abriter ses rêves, avait été aménagée, avec des centaines d'étagères sur lesquelles il pouvait ranger ses bocaux bien-aimés. Par surcroît, on lui décerna le titre de Souffleur de rêves royal. On lui donna également la permission d'aller partout en Angleterre, quand bon lui semblait, pour souffler la nuit ses merveilleuses bouilles de gnome dans les chambres des enfants endormis, et il reçut une avalanche de lettres écrites par des enfants qui lui demandaient de venir leur rendre visite.

Pendant ce temps, de tous les coins du monde, des touristes venaient se masser au bord de la grande fosse pour contempler avec émerveillement les neuf horribles géants mangeurs d'hommes. Ils venaient surtout aux heures des repas, lorsque

les gardiens leur jetaient des schnockombres et c'était toujours un grand divertissement que d'entendre les hurlements et les rugissements d'horreur qui montaient du fond du trou quand les monstres se mettaient à manger le plus répugnant légume qu'on eût jamais cultivé sur terre.

On ne déplora qu'un seul drame : un jour, trois imbéciles, qui avaient trop arrosé de bière leur déjeuner, décidèrent d'escalader la haute palissade qui entourait la fosse et, bien sûr, ils tombèrent au fond du trou. On entendit alors les hurlements de joie des géants puis le bruit des os qui craquaient sous leurs dents. Ce fut à la suite de cet accident que le chef gardien fit apposer un grand écriteau sur la palissade avec ces mots : il est interdit de donner à manger aux géants. Et désormais, il n'y eut plus jamais de drame.

Le BGG avait exprimé le désir d'apprendre à parler correctement et ce fut Sophie elle-même qui se proposa de donner chaque jour des leçons au géant qu'elle aimait, à présent, comme un père. Elle lui apprit même l'orthographe et lui enseigna l'art d'écrire des phrases. Le BGG se révéla un brillant élève et se mit à lire pendant ses heures de loisirs. Bientôt, il fut devenu un véritable dévoreur de livres. Il lut les œuvres complètes de Charles Dickens (qu'il n'appelait plus Darles Chickens) ainsi que les pièces de Shakespeare et des milliers d'autres livres. Il se mit également à écrire des rédactions qui avaient pour sujets ses souvenirs.

– C'est très bien, lui dit Sophie, après en avoir lu quelques-unes, je crois même qu'un jour vous pourriez devenir un véritable écrivain.

– J'aimerais beaucoup ça ! s'exclama le BGG. Crois-tu que ce soit vraiment possible ?

– J'en suis sûre, affirma Sophie. Pourquoi n'essaieriez-vous pas d'écrire un livre sur nous deux ?

– C'est une bonne idée, répondit le BGG, je vais essayer.

Il s'attela à la tâche, travailla dur et parvint enfin à terminer le manuscrit. Timidement, il le montra à la reine qui le lut à haute voix à ses petits-enfants. Lorsqu'elle en eut terminé la lecture, la reine dit :

– Je crois qu'il faudrait faire imprimer ce livre et le publier pour que d'autres enfants puissent le lire.

C'est ce qui fut fait, mais comme le BGG était un géant très modeste, ce ne fut pas son nom qui figura sur la couverture du livre. On y imprima celui de quelqu'un d'autre, à la place.

Et maintenant, vous vous demandez peut-être où se trouve ce livre qu'écrivit le BGG ?

Eh bien, vous l'avez entre les mains, et vous êtes en train d'en lire la dernière ligne !

  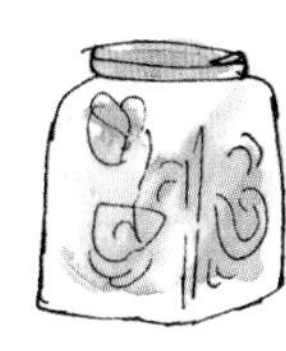

TABLE

QUENTIN BLAKE

L'illustrateur

Quentin Blake est né dans le Kent, en Angleterre. Il publie son premier dessin à seize ans dans le célèbre magazine satirique *Punch*, et fait ses études à l'université de Cambridge. Il s'installe plus tard à Londres où il devient directeur du département Illustration du prestigieux Royal College of Art. En 1978, commence sa complicité avec Roald Dahl qui dira : « Ce sont les visages et les silhouettes qu'il a dessinés qui restent dans la mémoire des enfants du monde entier. » Quentin Blake a collaboré avec de nombreux écrivains célèbres et a illustré près de trois cents ouvrages, dont ses propres albums (*Clown*, *Zagazou*...). Certains de ses livres ont été créés pour les lecteurs français, tels *Promenade de Quentin Blake au pays de la poésie française* ou *Nous les oiseaux*, préfacé par Daniel Pennac. En 1999, il est le premier Children's Laureate, infatigable ambassadeur du livre pour la jeunesse. Il est désormais Sir Quentin Blake, anobli par la reine d'Angleterre pour services rendus à l'art de l'illustration, et son œuvre d'aujourd'hui va aussi au-delà des livres. Ce sont les murs des hôpitaux, maternités, théâtres et musées du monde entier qui deviennent les pages d'où s'envolent des dessins transfigurant ces lieux. Grand ami de la France, il est officier de l'ordre des Arts et des Lettres et chevalier de la Légion d'honneur.

Pour en savoir plus sur

ROALD DAHL

L'auteur

Roald Dahl était un espion, un pilote de chasse émérite, un historien du chocolat et un inventeur en médecine. Il est aussi l'auteur de *Charlie et la chocolaterie*, *Matilda*, *Le BGG* et bien d'autres fabuleuses histoires : il est le meilleur conteur du monde !

Du même auteur chez Gallimard Jeunesse

FOLIO CADET
Fantastique Maître Renard, n° 431
La Girafe, le pélican et moi, n° 278
Le Doigt magique, n° 185
Les Minuscules, n° 289
Un amour de tortue, n° 232
Un conte peut en cacher un autre, n° 313

FOLIO JUNIOR
Charlie et la chocolaterie, n° 446
Charlie et le grand ascenseur de verre, n° 65
Coup de gigot et autres histoires à faire peur, n° 1181
Escadrille 80, n° 418
James et la grosse pêche, n° 517
L'enfant qui parlait aux animaux, n° 674
La Potion magique de Georges Bouillon, n° 463
Le BGG, n° 602
Les Deux Gredins, n° 141
Matilda, n° 744
Moi, Boy, n° 393
Sacrées Sorcières, n° 613
Tel est pris qui croyait prendre, n° 1247

La Poudre à boutons et autres secrets mirobolants de Roald Dahl, n° 1759

FOLIO JUNIOR XL
Trois Histoires (*Charlie et la chocolaterie – Charlie et le grand ascenseur de verre – James et la grosse pêche*)

FOLIO JUNIOR V.O.
Lamb to the Slaughter and Other Stories, n° 1731

FOLIO JUNIOR THÉÂTRE
Charlie et la chocolaterie, n° 1235
James et la grosse pêche, n° 1272
Le BGG, n° 1467
Sacrées Sorcières, n° 1452

BIBLIOTHÈQUE GALLIMARD JEUNESSE
Matilda (préface de Jean-Claude Mourlevat)
Charlie et la chocolaterie (préface de Susie Morgenstern)

SCRIPTO
Coup de chance et autres nouvelles

GRAND FORMAT LITTÉRATURE
Quatre histoires (Charlie et la chocolaterie – Charlie et le grand ascenseur de verre – James et la grosse pêche – Matilda)
Le BGG

L'HEURE DES HISTOIRES
L'Énorme Crocodile

ÉCOUTEZ LIRE
Charlie et la chocolaterie
Charlie et le grand ascenseur de verre
Coup de gigot et autres histoires à faire peur
Fantastique Maître Renard
James et la grosse pêche
La Potion magique de Georges Bouillon
Le BGG
Les Deux Gredins
Les Minuscules
Matilda
Moi, Boy
Sacrées Sorcières

HORS-SÉRIE
Charlie et la chocolaterie. Un livre pop-up
Roald Dahl, le géant de la littérature jeunesse (avec le magazine *Lire*)
Moi, Boy et plus encore
Le BGG, édition en couleurs

HORS-SÉRIE MUSIQUE
L'Énorme Crocodile
Un amour de tortue

ET TOI ?
COMBIEN EN AS-TU LU ?

☐ ☐ ☐ ☐

☐ ☐ ☐ ☐

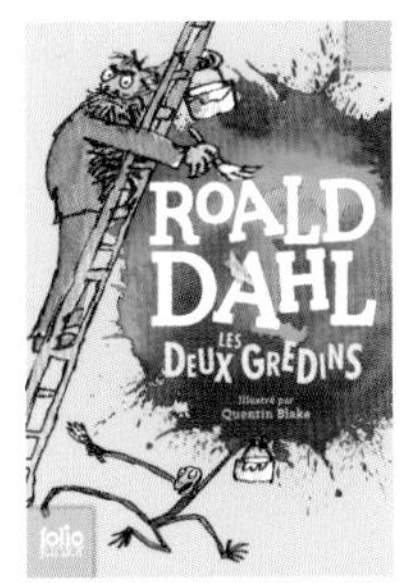

☐ ☐ ☐ ☐

MOINS DE 5 ? MILBOROLANT ! Il t'en reste plein à découvrir !

ENTRE 5 ET 10 ? D'autres merveilleuses surprises t'attendent ! Continue !

PLUS DE 10 ? FANTASFARABULEUX ! Lequel as-tu préféré ?

ET SI ROALD DAHL NE VOUS AVAIT PAS TOUT DIT ?

« *UNE VIE sans boutiques de CONFISERIES ni BONBONS ne VAUDRAIT PAS vraiment la peine d'être VÉCUE...* »

Roald Dahl vous livre enfin tous ses secrets : découvrez ou redécouvrez *Moi, Boy*, le célèbre récit de son enfance, enrichi de lettres, photographies, anecdotes et TEXTES INÉDITS !

TOUT CE QUE VOUS AVEZ TOUJOURS VOULU SAVOIR SUR LE GÉANT DE LA LITTÉRATURE JEUNESSE

Reportages, interviews exclusives,
témoignages d'auteurs contemporains, textes
et illustrations inédits, nombreux documents :
cette ÉDITION EXCEPTIONNELLE brosse
le portrait fascinant d'une personnalité
aux mille facettes dont l'œuvre donne envie
de lire à toutes les générations.

LES HISTOIRES FONT DU BIEN !

Roald Dahl disait : « Si vous avez de bonnes pensées, elles feront briller votre visage comme des rayons de soleil et vous serez toujours radieux. »

Nous croyons aux bonnes actions. C'est pourquoi 10 % de tous les droits d'auteur* de Roald Dahl sont versés à nos partenaires de bienfaisance. Nous avons apporté notre soutien à de nombreuses causes : aux infirmières qui s'occupent d'enfants, aux associations qui fournissent une aide matérielle à des familles dans le besoin, à des programmes d'aide sociale et éducative… Merci de nous aider à soutenir ces activités essentielles.

Pour en savoir plus : roalddahl.com

Le Roald Dahl Charitable Trust est une association caritative anglaise enregistrée sous le numéro 1119330.

* Tous les droits d'auteur versés sont nets de commission.

Le papier de cet ouvrage est composé de fibres naturelles,
renouvelables, recyclables et fabriquées à partir de bois
provenant de forêts gérées durablement.

Mise en pages : Maryline Gatepaille

Loi n° 49-956 du 16 juillet 1949
sur les publications destinées à la jeunesse
ISBN : 978-2-07-060422-7
Numéro d'édition : 303068
Dépôt légal : septembre 2016

Imprimé en France par Clerc